Hermann Kurz

Erzählungen

Hermann Kurz

Erzählungen

ISBN/EAN: 9783741184567

Hergestellt in Europa, USA, Kanada, Australien, Japan

Cover: Foto ©Andreas Hilbeck / pixelio.de

Manufactured and distributed by brebook publishing software
(www.brebook.com)

Hermann Kurz

Erzählungen

Erzählungen,

Umrisse und Erinnerungen

von

Hermann Kurz.

Dritter Band.

Stuttgart.
Franckh'sche Verlagshandlung.
1861.

Druck von E. Greiner in Stuttgart.

Inhalt.

Wiederfinden.

Kurz.

as haben Sie denn da für einen wunderlichen Baugehilfen? fragte der alte Volkmar den Amtsrath Thomas, zum Fenster hinausdeutend, welchem gegenüber so eben ein neues Haus aufgerichtet wurde. Zimmerleute und Maurer waren in der lebhaftesten Thätigkeit und die dicken Seile schwankten mit ihren Lasten hin und her. Unter dem Gewühle der Arbeiter aber war dem Greis ein mit ganz zerrissenen und erbärmlich um den Körper schlotternden Lumpen bekleideter Mensch aufgefallen, dem die Haare wirr und struppig über das Angesicht hingen. Er schien von einem heftigen Arbeitseifer getrieben zu sein, und schleppte, ohne eine Beihilfe zu gestatten, ganze Balken und große Steine herbei, wobei man nicht aufhören konnte, seine ungeheure Stärke zu bewundern. Freilich schien diese zwecklos in das allgemeine Thun einzugreifen, und es bedurfte nur eines Blickes, um den Zuschauer zu überzeugen, daß sie von keinem ordnenden Verstande gemeistert werde: doch fand man bei näherer Aufmerksamkeit verwundert, daß sie gleichwohl die andern Kräfte keineswegs in ihrem Zusammenwirken störte. Ein Wink, ein Wort von Seiten der Arbeitsleute war genug, um den Unglücklichen seine Last, da wo es eben nöthig war, niederlegen zu machen; dann rannte er eiligst wieder fort, um neue Dinge herbeizu=schleppen, die er gleichfalls, ohne links noch rechts zu sehen, an dem gebotenen Platze ablieferte, und in dieser Arbeitswuth, in diesem Gehorsam schien er eine innere Befriedigung zu finden.

Der alte Herr hatte dem Treiben eine Weile kopfschüttelnd zugesehen, worauf er sich mit der schon erwähnten Frage an den Amtsrath wendete.

Sie nennen ihn den blödsinnigen Michel, er=widerte dieser. Der arme Mensch treibt sich seit Jahr und Tag in der Gegend umher, findet sich instinctmäßig bei schweren und harten Verrichtungen ein, und ist wegen seiner Riesenkraft überall als Mitarbeiter willkommen, zumal da er bei seiner

Simpelhaftigkeit sich höchst friedlich und verträglich aufführt, niemals Lohn begehrt und sich mit dem schlechtesten Essen, mit dem schimmlichsten Stückchen Brod abfinden läßt.

Man sollte doch etwas für den Unglücklichen thun; es ist nicht recht, ihn so gleichsam wild laufen zu lassen.

Bah, sagte der Amtsrath gleichgiltig, da er keine Bedürfnisse hat, so geht es ihm gut genug. Wie mir der Bauführer sagt, so schläft er im Sommer ganz behaglich auf den Kirchenstaffeln oder draußen im Freien; im Winter aber lassen ihn die Bauern wegen seiner unschädlichen Gemüthsart in ihren Scheunen unterkriechen. Wenn er einmal seine Glieder nicht mehr rühren kann, so steht ihm ja immer noch ein Spital oder sonst eine Versorgungs= anstalt in Aussicht.

Es ist doch traurig, wenn man keine Eltern hat, sagte der Greis, während er an's Fenster trat und heimlich mit der Hand über die Augen fuhr. Er selbst hatte ja das entgegengesetzte Unglück zu beklagen, und das zumal am heutigen Tage! Er hatte vor drei Jahren an diesem Tage auf dem

Leipziger Schlachtfelde den einzigen Sohn verloren, einen hoffnungsvollen Jüngling von schönen Gaben und noch schönerem Herzen. Friedrich war seiner Begeisterung in den Krieg gefolgt, den sein Glaube einen heiligen hieß; der Vater wollte, die Mutter konnte ihn nicht zurückhalten, und Luise, seine Braut, segnete unter strömenden Thränen seinen frommen Entschluß. Er kehrte nicht wieder. Ein Kamerad sah ihn unter einem feindlichen Säbelhiebe zusammenstürzen; die Schlacht wogte mehrmals über die Stätte hin und wieder, und als sie gewonnen war, begrub man die unkenntlichen Leichen der Gebliebenen, Freund und Feind, in Einem großen Brudergrabe. Damals blutete manches Herz und manche zitternde Lippe sang: „Wo sind sie, die Lieben, die Braven all?" —

Was mich betrifft, so laß' ich ihm nichts abgehen, fuhr der Amtsrath fort, der die Bewegung des Alten nicht bemerkt hatte. Auch ist mir so ein rüstiges Lastthier in diesem Augenblicke doppelt willkommen, da ich — Sie wissen wohl warum — mein Haus noch vor dem Winter unter Dach zu bringen wünsche.

Es steht mir nicht zu, mich fördernd oder hindernd in Ihre Absichten zu mischen, sagte Herr Volkmar, und indem er sich vom Fenster gegen den Amtsrath kehrte, bemerkte dieser etwas betreten, daß ihm zwei dicke Tropfen in den Augen standen. Der ehrwürdige Alte ergriff ihn stillschweigend bei der Hand und führte ihn in's Nebenzimmer, wo seine Frau und Luise saßen.

Auch diese Beiden zeigten Spuren heftigen Weinens, und die schöne Pflegetochter war heute ungewöhnlich bleich. Der Gast empfand keine geringe Bestürzung über ihren trüben, stummen Empfang; als ihm aber, wie oft plötzlich dem Blinden ein Licht aufgeht, die Ursache dieser Trauer einfiel, da erschrack er noch weit mehr über seine eigene Gedankenlosigkeit. Er wußte keine Silbe hervorzubringen, wie er sich auch den Kopf zerbrechen mochte, jedes Wort, das er zu sagen gedachte, kam ihm alsbald wieder zu dieser Stunde unpassend vor, und seine Verlegenheit wurde, eben durch den peinlichen Druck, den sie auf ihn ausübte, mit jedem Augenblicke größer.

Luise hob die Augen auf, sah ihn eine Weile

durchbringend an, und sagte hierauf: Ich hatte gehofft, Sie würden Ihren Werkleuten heute einen Feiertag vergönnen.

Im Gegentheil, versetzte der Alte dazwischentretend, er hat mit diesem Tage keine Ausnahme machen wollen, und er hat es wohl gemeint. Durch das Werk, das er vor unsern Augen aufführen läßt, wollte er uns an die gründende, bauende, segnende Kraft des Friedens erinnern, aber über die andere Bedeutung dieses Tages, die unser Herz bluten macht, gedachte er uns unter dem Lärm der Arbeit stille hinüberzuführen.

Dem Gaste ging bei diesen Worten ein Schwert durch die Seele; denn nichts straft uns tödtlicher, als wenn ein anderer Mensch das, was wir mißlich thun oder gethan haben, auf eine fromme Weise auslegt und uns dadurch unsre Blöße recht vor Augen stellt. Der arme Amtsrath hatte ganz und gar keine bedeutsame Gedanken gehabt: er hoffte Luisen auf's Frühjahr heimzuführen, beabsichtigte deshalb das neue Haus, das er mit der Hochzeit einweihen wollte, noch vor Winter „unter Dach zu bringen," und im Eifer seiner zeitlichen Entwürfe hatte er den heutigen achtzehnten October rein vergessen. So saß er denn im Gefühle seiner Unzartheit recht auf dem Armensünderbänkchen und begann stockend und stammelnd: Gewiß, niemand fühlt tiefer als ich die Bedeutung des heutigen Tages —

Reden Sie nicht aus! rief Luise aufstehend. Ich sehe es Ihnen an, ich höre es aus Ihren Worten: Sie sagen eine —

Werde nicht bitter, Luise! es steht dir nicht gut, sagte der Greis verwundert. Seine Stimme klang tief und dabei etwas zitternd, wie eine alte große Glocke; sie traf das Mädchen in's innerste Herz hinein, so daß sie wie in sich zusammenbebte.

Einen Augenblick besann sie sich, dann trat sie auf den Amtsrath zu, reichte ihm die Hand und sprach, in Thränen ausbrechend: Vergeben Sie mir, ich hätte den Freund des Hauses nicht beleidigen sollen.

Der Amtsrath nahm ihre Hand zwischen die seinigen und drückte sie zärtlich. Nur den Freund des Hauses? sagte er, aber sie unterbrach ihn.

Ja, Sie sind ein guter, ein wirklich guter Mensch,

sagte sie, aber — in demselben Augenblicke ließ sie seine Hände fahren, indem sie einen Schritt zurück= trat. Eine zuckende Bewegung verbreitete sich über ihren ganzen Körper, und die Worte, die sie ver= gebens zu unterbrücken strebte, drängten sich auf ihre Lippen. Aber eines ist er nicht! fuhr sie gegen den Pflegevater gewendet fort. Er hat nicht um das eiserne Kreuz gekämpft, sonst hätte er diesen Tag nicht so halb vergessen können.

Dulce pro patria mori! warf der Amtsrath rasch und spitzig hin. Doch ist vielleicht die un= dankbare Kunst, für das Vaterland zu leben, die schwerere. Ich hege alle Achtung vor jenen edlen Freiwilligen, die sich in jugendlichem Eifer zwischen die Reihen der berufenen Krieger gedrängt haben, obgleich ich so ketzerisch bin zu glauben, daß die Sache auch ohne sie wäre ausgemacht worden, aber —

Er redete noch ein Langes von der Unreife jener Begeisterung, von dem minder schimmernden, aber gediegeneren Verdienst des nüchternen Arbeitens für das öffentliche Wohl, daß eine unberufene Jugend nicht solle verkümmern dürfen, und dergleichen mehr. Dann brach er ab, denn er fühlte zwar die Genug=

thuung, sich Luft gemacht zu haben, aber er fühlte auch zugleich, daß es zur Unzeit geschehen war, ja es wurde ihm in diesem entscheidenden Augenblicke klar und deutlich, er habe das Herz, das er zu gewinnen strebte, von seinem Herzen abgewendet. Wie gerne hätte er seine Rede zurückgenommen, aber es war zu spät.

Luise setzte sich wieder. So weit ist es also gekommen, begann sie kalt, daß ein Mädchen den Männern antworten kann, die das öffentliche Wohl unter ihren Händen haben? Ich will euren Verstand nicht verkleinern, eure Tauglichkeit, eure Nothwendigkeit nicht in Zweifel ziehen. Aber was hätte eure Staatskunst, was hätten eure Heere gegen jenen furchtbaren Kriegsdämon, gegen jenen Mars in Person vermocht, wenn nicht die Wunderkraft der Volksbegeisterung die Schwerter eurer Krieger durchflammt und ihre Geschoße beflügelt hätte? Mit dem Einen Namen Jena ist eure ganze Weisheit niedergelegt. Erst als sich der Geist des preußischen Volkes wider ihn erhub und die andern nachzog, daß sie mit ihm brachen, erst da begann Gott seine Hand von ihm abzuziehen. Wie feierlich habt ihr das Friedensfest begangen, und nun, da ihr nicht mehr als um drei Winter älter und kälter geworden seid, nun beginnt ihr sie schon zu schmähen, die Treuen, die Tapfern, die Gläubigen, die auf jenen blutigen Feldern schlafen gingen. Mein Herr und mein Gott, daß du in jenen furchtbaren Tagen meine Seele zu dir genommen hättest! Sie ist doch nicht hier, sie ist dort, wo der grause Tanz die blutige Saat zerstampfte. O das arme, gute, große Herz!

Sie sank auf ihren Sitz zurück, verhüllte das Angesicht und brach in ein lautes, wildes, unbändiges Schluchzen aus. Alles war bestürzt: nie hatte man das Mädchen so gesehen, nie solche Worte aus ihrem Munde vernommen.

Der Alte winkte seiner Frau und reichte dem Amtsrath mit einem schmerzlichen Blicke die Hand. Dieser war blaß geworden und zeigte in seinen Mienen eine aufrichtige Erschütterung. Das ist eine trübe Stunde für mich, sagte er, als er mit der mütterlichen Freundin das Zimmer verließ: aber ich habe gesprochen, wie ich denke, und dieses Bewußtsein wird mir, wie diese, so auch künftige trübe Stunden ertragen helfen.

Der wackere Alte war nun mit dem Mädchen, wie ein Beichtvater mit seinem geistlichen Kinde, allein. Er setzte sich neben sie, legte ihr Haupt an seine Brust und schwieg, bis ihr Busen den krampfhaften Schmerz ausgetobt hatte. Als sie ruhiger geworden war, hob er ihr das Köpfchen empor und sah ihr ernst und freundlich in die Augen. Sie machte sich los und stand mit gesenktem Haupte demüthig vor ihm.

Vater, begann sie, ich bin nicht werth, deine Pflegetochter zu heißen. Ich habe Dinge geredet, die mir nicht ziemten.

Wie ist dieser seltsame Geist über dich gekommen, Luise? fragte er.

Laß dir's erzählen, sprach sie. Ich hatte schon gestern den ganzen Tag Angst vor dem heutigen, denn ich wußte, daß er mir ein schwerer Tag werden würde, und ich ging mit beklommenem Herzen zu Bette. Nachdem ich noch lange gewacht hatte, schlief ich endlich ein. Da träumte mir's und von wem anders als von ihm, von deinem Friedrich!

Sie legte das Gesicht in beide Hände und ihre

Thränen tropften wie ein milder Regen zwischen ihren Fingern herab.

Der Greis zog sie zu sich nieder auf den Sitz. Nachdem Beide eine Weile geschwiegen hatten, fuhr Luise fort: Ich sah ihn, frischer und blühender als je; er kam mir entgegen, bei der Kirche, weißt du, wo wir nach der Predigt und dem Waffensegen Abschied von ihm genommen haben. Ich war ganz erstaunt, aber nur so wie man sich im Traume über etwas Unmögliches ein klein wenig verwundert.

Ja, ja, sagte der Alte freundlich nickend, das ist ja eben die Wahrheit in den Träumen, daß sie das Unmögliche wirklich machen. Hätten die Men=schen nie von bessern Tagen geträumt, so wären niemals bessere Tage gekommen.

Ich war also ganz erstaunt, als ich ihn sah. Guter Gott! rief ich ihm entgegen: du bist's? wo kommst denn du her? — Von Leipzig, ant=wortete er mit dem schnellen fröhlichen Tone, der mir immer so besonders zu Herzen ging. — Von Leipzig? sagte ich und wunderte mich immer mehr: wie, und dazu hast du drei Jahre gebraucht? — Da lächelte er geheimnißvoll, ganz so wie er's gewohnt war, wenn er mich necken wollte. Ja, sagte er, ich hab' aber auch einen weiten Weg gehabt. — Bei diesen Worten war er auf einmal sehr ernsthaft geworden, und jetzt kam auch mir die Erscheinung sonderbar und unheimlich vor. Ich schlug die Hände zusammen und rief: Sag mir nur, lebst du denn? Wir glaubten ja Alle, du seiest in der Schlacht gefallen? — Ich lebe! sprach er, und seine Stimme drang mir durch Mark und Bein: ich lebe. Ihr seid Alle im Irrthum gewesen. — Nun begann ich ihn zu verstehen. Ja, du lebst, im Licht und in einem schönern Leben! rief ich und fing bitterlich zu weinen an. Da verschwand das Gesicht, und wie ich nach und nach erwachte und zu mir selber kam, fand ich mein Kissen ganz in Thränen gebadet. Ich konnte nicht mehr einschlafen, immer und immer mußte ich dem Traume nachsinnen, und da gerieth ich plötzlich —

Sie brach schaudernd ab, als ob sie die angefangene Rede bereute. Der Greis drückte ihre Hand stark und zog die Augenbrauen zusammen, als ob er einem schlimmen Feind in's Angesicht schauen müßte. Dann sagte er mit fester Stimme: Du geriethest auf schwere Gedanken, du meintest, er sei vielleicht nicht ganz getödtet worden, dann haben sie ihn nach der Schlacht, wie das geschehen kann, mit den Todten zusammen eingescharrt, und er sei am Ende gar unter der Erde wieder zur Besinnung gekommen.

Sie umschlang ihn und hielt sich zitternd an ihm fest. Sieh, liebes Kind, sagte er, solche schwere, entsetzliche Gedanken muß man nicht bei sich behalten, man muß sie frischweg aussprechen, dann verlieren sie schon viel von ihrer Kraft. — Er nickte ein paarmal langsam mit dem Haupte. Freilich, freilich, fuhr er fort, wenn ich das glaubeu müßte, dann würden meine grauen Haare mit doppeltem Jammer in die Grube fahren. Aber meinst Du, darum sei er dir im Traum erschienen, er, der Freundliche, um dir eine so nutzlose Schreckenskunde zu bringen? Nein doch, nein! wenn Friedrich zu dir kommt, so ist's immer ein guter Geist. Er wollte dir sicherlich nichts andres sagen als was du ihm im Traume selbst antwortetest. Aber wie auch sein Ende gewesen sein mag, halte nur das Eine fest, daß jedes Leiden für ihn vorüber ist. Und dann denk' an so Viele, die nicht schlechter als er, die jedenfalls Menschen waren: denk' an verstürmte Seefahrer, die auf offenem Meere oder an wüstem Strande verschmachteten, an verschüttete Bergleute in einem eingesunkenen Schacht; denk' an die grausame Strenge der alten Todesstrafen und der Folter — nicht um dich an der Unglücksgenossenschaft zu trösten, sondern um dir zu sagen, daß auch das ärgste, herbste Schick= sal immer noch mit einem menschlichen Maß zu messen ist. Und dann denk' an jene Märtyrer, an jene Blutzeugen in allen Ländern und unter allen Bekenntnissen, die für das, was sie mit rei= nem Herzen ihr Heiligstes hießen, das Leben frei und freudig hingaben, obgleich sie oft viele Tage lang unter den unerhörtesten Peinigungen sich nach dem Tode sehnen mußten. Sieh, Viele von ihnen haben ohne einen Schmerzenslaut gelitten, und waren doch Menschen, wie wir. Was sind wir gegen diese? Aber ihre Trübsal wurde ihnen leicht, weil sie zeitlich war, und in den Qualen stärkte eine Verheißung ihren Muth. Diese, kennst du sie nicht? in der Offenbarung steht sie und heißt:

„Und Gott wird abwischen alle Thränen von ihren Augen."

Luise, die bis daher mit andächtigem Schweigen zugehört hatte, ergriff bei diesen Worten lebhaft seine Hand und rief: Vater, da bringst du mich ja gerade auf das, was ich sagen wollte! Höre nur, ich bin noch nicht zu Ende. Als ich aufgestanden war, trieben mich meine Gedanken um und ließen mir keine Ruhe. Da beschloß ich endlich die Ruhe in der Bibel zu suchen, wo ich sie schon so oft gefunden habe. Als ich auf's Gerathewohl aufgeschlagen hatte, da war es die Offenbarung Johannis. Ach, warum doch diese? dachte ich, die wird mir eher Unruhe als Ruhe bringen, denn von diesen schauerlichen Geheimnissen kann ich nichts verstehen. Dennoch sah ich die Stelle an, auf welcher mein Finger lag, und, Vater, höre nur, sie hieß: „Aber ich habe wider dich, daß du die erste Liebe verlässest."

Fromm, wie er war, lächelte der Alte doch und wiegte sein graues Haupt. Da sehe nun Einer, wie es ausfällt, wenn die Weiber über die Apokalypse kommen! sagte er. Kind, nimm dich in Acht.

Gott hat uns nicht umsonst zu der Bibel auch noch unsern guten treuen Verstand gegeben, ja, und treffliche Lehren, die aus diesem geflossen sind.

Das Grübeln ist sonst gewiß meine Sache nicht, versetzte sie. Aber sieh — für mich — und unter diesen Umständen —

Nun, sagte er, du wärest nicht die erste Christenseele, die in der Bibel einen besonderen Sinn für ihre persönlichen Angelegenheiten suchte, aber auch da kommt es immer noch darauf an, was die „erste Liebe" ist. — Gesprächig setzte er ihr hierauf aus einander, daß dies die Liebe des Kindes zu den Eltern, und zwar vorwiegend des Knaben zur Mutter, des Mädchens zum Vater sei, daß diese ersten Herzenseindrücke später wunderbar nachwirken können, und daß der Jüngling am glücklichsten sei, wenn er ein Ebenbild seiner Mutter, die Jungfrau, wenn sie ein Ebenbild ihres Vaters finde. Auf diese Weise hatte er selbst, wie er erzählte, seine Gattin gewählt, und in diesem Sinne, meinte er, könne man allerdings einem Menschen zurufen, daß er seiner ersten Liebe treu bleiben solle.

Er wollte diesen Lieblingsgedanken, dem er gerne nachzuhängen schien, noch weiter ausspinnen, aber er fand sich auf einmal durch das leise Weinen des Mädchens unterbrochen und rief bestürzt: Himmel, was ist das für ein Unglückstag! Jetzt muß auch ich, der ich Alles recht machen wollte, noch aus dem Geleise fahren, und während ich dir da von meinen Grillen vorschwatze, vergesse ich ganz, daß du sie gar nicht auf dich anwenden kannst. Aber wenn du auch deine Eltern so frühe verlorst, daß du dich ihrer nicht mehr erinnerst —

So habe ich Eltern gefunden, denen ich so gut wie durch das Blut angehöre, rief sie, sich an ihn anschmiegend. Ach, und das war es ja, was mich immer so zu ihm hinzog, und was ich mir jetzt noch immer sagen muß, wenn ich an Friedrich denke, daß — daß —

Nun?

Daß du gewiß in deiner Jugend gerade so warst, wie er, sagte sie, etwas verschämt durch ihre Thränen lächelnd, oder daß er einst in seinen weissen Haaren ganz dir ähnlich werden würde.

Der Greis lachte gar liebenswürdig. Das thut

meinem alten Herzen wohl, rief er, daß ich in mei=
nen weißen Haaren noch so etwas wie eine Liebes=
erklärung zu hören bekomme. Uebrigens laß uns
noch ein ernsthaftes Wort reden. Du weißst, du
bist unser Augapfel, und der Tag, der dich aus
unserem Hause wegführt, macht in unsere Herzen
einen großen Riß. Dennoch werde ich dir nie ein
Hinderniß in den Weg legen. Im Gegentheil, und
wenn du dich irgend auch nur mit einem Ge=
danken dem Grabe verlobt glaubtest, so würde ich
Alles thun, um dir diesen Wahn zu benehmen.
Es ist nun einmal so bei uns schwachen, sterblichen
Menschen, daß die Todten einen Theil ihres Rechts
an uns verloren haben. Der bessere, reinere An=
theil bleibt ihnen unverkümmert, und du weißst,
da, wo Friedrich wohnt, freien sie nicht und lassen
sich nicht freien, da ist also auch keine Eifersucht.
Folge du deinem Herzen, wenn es dich zu einem
Manne hinzieht, der ihm ähnlich ist, und fürchte
dadurch nicht, von deiner ersten Liebe abzufallen.
Auch möchte ich nicht, daß du deiner Bestimmung
untreu würdest. Die Bewerbung dieses unbeschol=
tenen Mannes, wenn sie mir auch schmerzliche Er=

innerungen weckte, hat mir doch um beinetwillen Freude gemacht, und ich kann dir nicht läugnen, liebes Kind, daß wir glaubten, du seiest ihm geneigt.

Weiß ich doch selbst kaum, wie das so gekommen ist, versetzte sie erröthend und stockend. Er war Friedrichs Freund, seine Trauer um ihn, seine aufrichtige Theilnahme, wie hätte sie mich nicht gewinnen sollen? Dann sein Heimischwerden bei uns, sein tägliches Kommen und Gehen, eure Freundlichkeit gegen ihn, das Alles machte mich zutraulich, aber — die Männer deuten auch Alles gleich so sehr zu ihrem Vortheil.

Nun gut, sagte der Alte, es ist ja bis jetzt nichts gesagt oder verhandelt worden, wodurch du gebunden wärest. Thue also, was dein Herz dir eingibt. Ist es aber nur eine vorübergehende Verstimmung, so wird der Auftritt von vorhin wohl ungeschehen zu machen sein.

Luise schüttelte den Kopf, ohne etwas zu erwidern, und der Vater ging, nachdem er ihr noch einige herzliche Worte gesagt hatte. Als Luise allein war, trat ihr die Vergangenheit lebendiger

als je in diesen drei Jahren vor die Seele. Sie
sah ihren Freund wieder, frisch, wie er ihr in der
Nacht erschienen war; sie erfreute sich in Gedanken
seiner Trefflichkeit, als ob er lebte und jeden Augen=
blick zur Thüre hereintreten könnte. Zugleich aber
trieb es sie, um die Lücke in der Gegenwart aus=
zufüllen, nach einem Schubfache, das ihr Allerhei=
ligstes verbarg. Da lagen Pfänder glücklicher
Stunden, Briefe, ein Ring, eine Haarlocke und
seine letzten Zeilen. Er hatte nie gedichtet, aber
am Abend vor dem letzten Tage, als nach einem
traulichen, beinahe fröhlichen Zusammensein auf
einmal Wehmuth und tiefe Rührung ihn beschlich,
da hatte er, ohne sich zu besinnen, die wenigen
kunstlosen Zeilen auf ein Blatt geworfen:

Wenn mich der Gott der Schlachten
Im Wettersturme rafft,
Soll mich kein Schmerz umnachten
Um meine junge Kraft.

Für Lieb' und Freiheit brennen,
Das währt den Augenblick,
Drum darf ich's ewig nennen,
Mein schönes, kurzes Glück.

Sie las sie jetzt wieder und bewunderte die feste männliche Handschrift. Ach, und dieselbe Hand, die diese weichen Worte schrieb, hatte sich der Eisenbraut verlobt und hatte den Tag darauf den letzten Druck, den letzten Gruß gespendet. Verloren! in dem Wort war Alles enthalten. Die glücklichen Bilder wichen von ihr und noch einmal gab sie sich dem grenzenlosen Gefühl ihres traurigen Schicksals hin, aber es war ein Schmerz ohne Mißklang, es waren erleichternde Thränen, in deren Fluth sich die Seele still und ruhig badet.

Ein Menschenherz, das sich recht ausgeweint hat, gleicht einem Vogel, der sich in den Lüften wiegt, oder einem Kinde, das träumend in den blauen Himmel starrt. Nachdem Luise ihr Weh in aller seiner Tiefe und Reinheit durchgefühlt, war sie, wenn nicht so harmlos, doch fast so gedankenlos wie ein Kind, an's Fenster gekommen, und sah dem Bauwesen zu, das erst so viele Bitterkeit in ihr aufgeregt hatte. Sie folgte den Quadern, den Balken, wie sie in die Höhe gezogen wurden, und staunte über das massenhafte Werden, das die vereinte Thätigkeit vieler Menschen hervorbringt.

Während sie nun ihre Augen an dem aufsteigenden Hause hinuntergleiten ließ, traf sie ein seltsamer Blick, der starr auf sie gerichtet war.

Der unglückliche stumme Mensch, den die Bauleute mit ankommen ließen, hatte bisher ohne Unterbrechung seine Arbeit verrichtet, wie eine fest geordnete Wasserkraft, welche mit willenloser Stetigkeit ihre Räder in Bewegung hält. Niemand hätte sich träumen lassen, und am wenigsten er selbst, daß er noch Sinn für irgend etwas Anderes haben könnte. Da klang ein Fenster, das geöffnet wurde, das unglückliche Geschöpf hatte eben eine Last niedergelegt und wandte unwillkürlich den Kopf nach dem Tone. Der Arme sah das Mädchen, das am Fenster stand; er erhob sich immer höher und trat endlich auf die Zehen, um näher und besser hinzuschauen. Jetzt fiel auch Luisens Blick auf ihn. Sie erschrack über sein auffallendes Benehmen; es graute ihr vor dem stumpfsinnigen, kläglichen Ausdruck dieser Augen, die sich wie auf eine verlorene Seele besinnen zu wollen schienen. Er strich die struppigen Haare, die ihn am Sehen hinderten, aus dem Gesicht. Aber in demselben Augenblicke geschah in den Lüften über ihm ein Ruck, ein verworrenes Getöse und Gepolter folgte, ein Geschrei vieler Stimmen — Luise beugte sich aus dem Fenster, als könnte sie das unglückliche Opfer von seiner Stelle wegreißen — aber es war schon zu spät.

Der Amtsrath war, nachdem er noch einige Worte mit der Mutter gewechselt, in's Freie hinaus geeilt, um auf einem hastigen, heftigen Gang seinen Unmuth zur Ruhe zu bringen. Er hatte sich schon ziemlich weit entfernt, als ihm einfiel, daß das unselige Bauwesen noch immer fortdaure. Er rannte zurück, und da er des Werkführers nicht gleich ansichtig wurde, gebot er den einzelnen Arbeitern, wie sie ihm vor Augen kamen, augenblicklich einzuhalten. Diese gehorchten dem mit mißmuthiger Strenge ausgesprochenen Befehl auf der Stelle; Andere, die nichts davon gehört hatten, arbeiteten eifrig fort und hieburch gerieth das Werk plötzlich in Verwirrung. Ein Stein, der eben hinaufgezogen wurde, machte sich los, schwebte einen Augenblick über dem Kopfe des Stumpfsinnigen, stieß aber zum Glück an einen Pfeiler, woburch die Kraft des Falls gebrochen und die Richtung etwas verändert wurde. Doch war der Arme, während er noch immer zu dem Mädchen emporstaunte, hart an der Schulter gestreift und mit Gewalt gegen einen großen Quaderstein geworfen, so daß er mit blutendem Kopfe regungslos am Boden lag.

Alsbald war eine große Menschenmenge um ihn versammelt. Der Amtsrath rief seinem alten Freunde, der auf das Geschrei an's Fenster gekommen war, zu, erzählte ihm das Ereigniß, und dieser hieß den Ohnmächtigen sogleich in sein Haus bringen. Man trug ihn in ein leeres Zimmer im Erdgeschoß. Hier stand eine Bettstelle mit einem Strohsack, worauf man ihn niederlegte. Das Blut strömte ihm aus Stirne, Mund und Nase; kaum aber war er eine Weile so gelegen, als er sich rasch aufrichtete und mit hellen Augen um sich sah. Wo bin ich? rief er.

Der verwaiste Vater, der mit in's Zimmer getreten war, hörte den Klang dieser Worte, er fuhr mit einem heftigen Schauer zusammen und hielt sich an einem der Umstehenden fest, um Kraft zu sammeln. Er waffnete sich mit besonnener Ruhe.

Dann trat er an das Lager des Erwachten, den er an der Stimme und an den Augen sogleich erkannt hatte; denn der tiefe Schmutz, der sein Gesicht überzog, und die verworren hereinhängenden blutigen Haare hatten ihn völlig entstellt. Die Ungewißheit seines Zustandes machte es nöthig, jede Bewegung der Freude und Angst zu unterdrücken. Du bist zu Hause, Friedrich, sagte der Vater mit sanfter Stimme, und die Umstehenden traten mit Entsetzen zurück, nicht wissend, ob sich hier ein Auferstehungswunder zutrage oder ob zwei Wahnsinnige zusammengetroffen seien.

Wo komme ich denn aber her? Wo war ich denn? fragte der Kranke. Was ist mir denn geschehen?

Du kommst vom Schlachtfelde, sagte der Vater, so ruhig als er vermochte, und mit einem leisen Wink gegen die Umgebung. Du bist verwundet, ich hoffe, nicht gefährlich, aber die Wunde ist am Kopfe, deshalb mußt du ganz ruhig sein und dich stille wieder hinlegen.

Vater, ist die Schlacht gewonnen? rief er, sich noch höher aufrichtend.

Der Alte nickte ein Ja und kämpfte mit über=
menschlicher Anstrengung seine Thränen zurück.
Es ist Friede, sagte er endlich, halte du jetzt auch
Frieden. — Und Friedrich legte sich mit freundlichem
Gehorsam, die Augen schließend, auf sein Lager
zurück.

Wir unterlassen es, die Auftritte zu schildern,
welche auf diesen erfolgen mußten. Wer schon
beim Schall der Morgenglocke aus einem schwe=
ren Traum erwachte und seinem todbangen
Herzen zurief: Nein, die Sonne scheint wieder,
deine Lieben leben noch, noch athmen wir im gol=
denen Lichte! — der hat eine schwache Vorstellung
von den Gefühlen, welche die so wunderbar wie=
dervereinigte Familie bestürmten.

Der Arzt hatte wenig nachzuhelfen: die
Heilung war durch jenen glücklichen Unfall bereits
vollbracht worden. Wie aber Friedrich aus der
Schlacht entkommen und was seitdem aus ihm ge=
worden war, das wurde niemals aufgehellt, denn
er wußte kaum mehr zu sagen, als was sein Vater
im ersten Augenblicke des Wiedersehens errathen hatte.
Er erinnerte sich, daß er nicht weit von einem Ge=

büsch an der Seite eines treuen Freundes focht, als er jenen Säbelhieb erhielt; ob er nun bewußtlos lebend unter den Leichen hervorgekrochen, oder ob er von dem Freund in das Gebüsch getragen worden war, das wußte er nicht. Am liebsten nahm er das letztere an und nannte sich dem „guten Kameraden im ewigen Leben," der das Räthsel hienieden nicht mehr aufklären konnte, über das Grab hinüber verpflichtet. Wie dem sein mochte, der feindliche Säbel hatte ihn nicht zum Tode getroffen, aber ein trauriges Leben hatte er ihm gelassen, einen Rest ohne Seele und Erinnerung, einen dreijährigen Schlaf, dessen Geschichte zu erforschen er für völlig fruchtlos hielt. Um so inniger aber bewegte ihn und alle Theilnehmenden der wunderbare Zug der Heimath und des Herzens, der ihn im bewußtlosen Todestraume durch unbekannte Strecken, durch weite Zeiträume zurückgeleitet hatte, um an der Seite seiner auflebenden Eltern wieder zu erblühen und aus den Händen seiner seligen Braut ein längeres Glück, als er in jenen Zeilen zu prophezeien gewagt hatte, in Empfang zu nehmen.

Ein

Herzensstreich.

Mein Vetter Theodor — denn das war
er im fünften oder sechsten Grade —
wuchs in großer Eingezogenheit und
Entfernung von jungen Leuten seines
Alters auf. Seine Eltern waren so besorgt, die
möglichen übeln Folgen des geselligen Umgangs
von ihm abzuhalten, daß sie ihn nicht in die öf=
fentliche Schule gehen ließen, sondern ihm einen
Hauslehrer hielten, unter dessen Aufsicht er sich den
größten Theil des Tages beschäftigen mußte. In
den Erholungsstunden war es ihm vergönnt, in
einem mäßigen Garten hinter dem Hause sich mit
der Schaukel und andern ähnlichen Spielen zu
vergnügen, oder, da er großen Hang zum Lesen
hatte, unberührt vom Gifte der Romane seinen
Geist und sein Herz durch Campe'sche Jugendschrif=
ten zu stärken und zu bilden.

Kurz.   3

So wuchs er in der Einsamkeit heran, ohne von dem Weltlauf berührt zu werden oder einen Begriff von dem zu haben, was außer dem engen Kreise seines väterlichen Hauses geschah. Dasselbe galt unserer bescheidenen Vorstellung für den Palast des Reichthums selbst; es war, im Gegensatz zu dem altreichsstädtischen Herkommen, stets abgeschlossen, und die hohen, mit einem Gitter eingefaßten Staffeln gaben ihm ein abschreckend vornehmes Aussehen. Den Sohn des Hauses aber bekamen wir fast nur von weitem zu sehen, wenn er, gleich einem ausländischen, sorgsam abgesperrten Vogel, hinter den Staketen des Gartens spazierte.

Als er sein vierzehntes Jahr erreicht hatte, führte ihn sein Vater, ein Kaufmann, den günstige Verhältnisse und Handelsverbindungen mit Italien in den Stand gesetzt hatten, den Detailhandel aufzugeben und nur noch Geschäfte im Großen zu machen, in sein Comptoir ein, wo er der Geheimsprache der kaufmännischen Correspondenz und den Mysterien der auf diesem „Platze" noch ziemlich neuen doppelten Buchhaltung obliegen mußte.

Auch in diesem vorgerückten Stande waren ihm

außer Spaziergängen oder Spazierritten mit seinem Vater, und hie und da einer Spazierfahrt mit seiner etwas nervenschwachen Mutter, nur seltene Höflichkeitsbesuche bei Verwandten oder Bekannten seiner Eltern gestattet, wo die Unterhaltung schon sehr verwegen wurde, wenn sie das Gebiet der Erkundigungen nach dem werthesten Befinden und der Debatten über Wind und Wetter verließ, um in die bedenkliche Sphäre der neusten Moden, oder gar der Stadtchronik, oder vollends in das Kapitel der Verlobungen und Heirathen überzugehen.

Vom Verkehr mit den andern jungen Kaufleuten hielt ihn sein strenger Vater ganz und gar zurück, der, in den Sitten der guten alten Zeit erzogen, die Manieren und Begriffe dieser jungen Leute verabscheute; denn sie hatten in Frankreich, wohin sie frühzeitig zu ihrer Ausbildung gesandt worden waren, den teutschen Zopf, aber freilich zum Theil bis auf den kahlen Haarboden, abgelegt, und machten allen Autoritäten eine Opposition, die besonders den älteren Leuten in ihrer Vaterstadt widerwärtig war.

Mehr noch als der Wille seines Vaters schreckte

unfern jungen Freund von seinen Altersgenossen das peinliche Gefühl zurück, das bei unvermeidlichen Begegnungen über ihn kam; er empfand deutlich, daß sie ihn übersahen und oft mit höhnischer Geringschätzung behandelten, wenn er gegen sie eine Aeußerung wagte, deren unglaubliche Unschuld dem herkömmlichen Weltlauf eben so sehr als ihren besondern Ansichten zuwider lief. Unter mancherlei Spottnamen cursirte er in ihren gesellschaftlichen Zusammenkünften, und bot einen unerschöpflichen Stoff zu belustigenden Erzählungen von seiner Unschuld und Unwissenheit in den Angelegenheiten des täglichen Lebens dar. Die meisten dieser Anekdoten mochten erdichtet sein, aber auch die kühnste Phantasie wurde durch einen Einfall von ihm beschämt, womit er, ohne es zu wissen, gebieterisch in den Willen und die Rechte zweier Häuser eingriff und sich gleichsam träumend das Glück seines Lebens vom Baume schüttelte.

Der erste Geistliche der Stadt hatte zwei Töchter, von denen die jüngere, Marie, fast in gleichem Alter mit Theodor war und in Folge dessen mit ihm den Religionsunterricht besucht hatte und mit ihm confirmirt worden war. Schon damals hatte das sanfte, stille Mädchen einen unbewußten, aber großen Eindruck auf ihn gemacht; nie war er so aufmerksam, als wenn sie gefragt wurde, und doch konnte er nicht begreifen, warum sich immer nur der Ton, keineswegs aber der Inhalt ihrer Antworten in sein Gedächtniß einprägte. Die andächtige Miene, womit er die frommen Lehren ihres Vaters begleitete, gewann doch zuletzt stets eine Richtung auf die blauen Augen und die lichtbraunen Haare der Tochter. Unter den Gebeten und Sprüchen, die seine Altersgenossen längst in Frankreich vergessen hatten, war ihm jener Spruch der liebste, welcher anhebt: „Trachtet am ersten nach dem Reich Gottes;" dies kam aber, ohne daß wir sein Christenthum verdächtigen wollen, doch zum Theil daher, daß Marie diese Worte bei der Confirmation hatte aufsagen müssen.

Auch nachher durfte er sie öfter sehen; die Bedürfnisse des Cultus und die Freundschaft seiner Eltern führten ihn häufig in das Haus ihres Vaters, der sein und der Seinigen Beichtvater war, und der gute alte Herr hatte ihn so lieb, daß er ihm,

auch als er in seinen hohen Jahren die Beicht=
vorbereitungen wie den übrigen Gottesdienst einem
Vicar überlassen mußte, gern ein Stündchen be=
sonderer Belehrung und Ermahnung widmete.
Wenn dies vorüber war, so wurde der Jüngling
an den Familientisch geführt, wo er sich bei einigen
Erfrischungen mit den Mädchen und ihrer Mutter
eine Weile unterhalten durfte. Hier befestigte sich
seine Neigung zu Marien immer mehr, ja er ge=
wöhnte sich, sie wie eine Schutzheilige anzusehen,
wenn Minchen, ihre lebhafte Schwester, ihn durch
schnelle Fragen oder gar durch Neckereien in Ver=
legenheit brachte, und Marie, um ihm herauszu=
helfen, die Antwort übernahm und durch einen leisen
Verweis die Angriffe ihrer Schwester abschlug.

Nun hatte Theodor, so unbehilflich und uner=
fahren er auch in Gesellschaften erschien, doch man=
ches Wort vernommen, das ihm eine hellbunkle
Aussicht in die Verhältnisse des Lebens eröffnete,
manche Bezeichnung, die ihm seine leis geschäftige
Phantasie ahnungsvoll ausmalte. Einige plauder=
hafte Basen liebten es gar zu sehr, davon zu
sprechen, wen Diese oder Jene zum Bräutigam

erhalten habe und wann die Hochzeit sein werde und wer dazu eingeladen sei, und dergleichen mehr. Einmal, als ein Vetter Theodors verlobt und seine Braut zu den Eltern auf Besuch gekommen war, hatte er es selbst mit angesehen, wie Jener nach Tische seinem Mädchen vor den Augen der Andern einen herzhaften Kuß gab, und dieses Schauspiel ging ihm lang im Kopf herum; wachend und träumend sah er den Vetter, wie er sich herab= beugte und zwei frische Lippen ihm entgegen kamen und zwei helle Augen ihm so freundlich und auf= munternd entgegenblickten; ja, er fing schon an, darüber nachzudenken, ob seine eigenen Lippen wohl auch zu diesem angenehmen Spiele geschaffen sein möchten.

Dazu kam noch, daß er an seinen Eltern das musterhafte Beispiel einer glücklichen Ehe sah, der es auch nicht an Aeußerungen einer größeren Zärt= lichkeit fehlte, wenn sein Vater eine Geschäftsreise antrat oder sogar, was einige Male vorkam, nach geraumer Abwesenheit aus Italien zurückkehrte. Gar wohl erinnerte er sich noch, wie ihm eine Schwester in zarter Jugend gestorben war, und die Mutter sich schmerzlich weinend an den Vater lehnte, als wollte sie Schutz und Trost bei ihm suchen.

Die schönen Worte, die er bald darauf bei der Trauung jenes Vetters hörte, „in Freud und Leid, in Noth und Tod einander treu zu sein," gruben sich unauslöschlich in sein Herz, und so hafteten endlich seine Gedanken bei dem Bilde eines solchen Lebens mit Marien, von der er anfangs gewünscht hatte, sie möchte ihm die Stelle der verstorbenen Schwester ersetzen, und die er sich nun als sein Weib zu denken gewöhnte. Auch rechnete er ganz unbefangen auf die Gefälligkeit des Freundes Storch, an den er zwar, zu reiferen Ansichten gelangt, den Maaßstab mythischer Kritik anlegte, ohne jedoch diesem Bild eine bestimmtere Vorstellung unter= schieben zu können.

Wie nun bei einem Gefäß Wasser, das den Gefrierpunkt erreicht hat, ein einziger Stoß hin= reichend ist, um die ganz neue Gestalt des Eises plötzlich hervorzubringen; so war es ein unbedachtes Wort seines Vaters, das alle diese Gefühle und Träume auf einmal in die seltsamste That übersetzte.

Theodors zwanzigster Geburtstag war herbei-
gekommen; es war der Andreastag, und schon als
Knabe hatte er sich ein Mächtiges darauf zu Gute
gethan, daß sein Wiegenfest von der ganzen Christenheit gefeiert war, und, um auch seinerseits eine
Ehre mit einer andern zu erwidern, jedes Jahr an
diesem Tage den Jungen des Glöckners mit einem
Geldstück bestochen, um bei dem Einläuten des
Gottesdienstes helfen zu dürfen.

Seine Eltern hatten, wie gewöhnlich, eine kleine
Gesellschaft zu einem fröhlichen Male geladen. Natürlich drehte sich das Gespräch vielfach um den
Helden des Tags, und einige ältere Frauen wußten dem Vater nichts Schmeichelhafteres zu sagen,
als wie wohlerzogen sein Sohn, und wie groß und
stark er zu seinem Alter sei.

Ja, ja, erwiderte dieser, der in der Freude seines Herzens ein Gläschen mehr getrunken hatte: er
ist ein kräftiger Bursche, und ich glaube, es wäre
nächstens Zeit, daß er sich verheirathete.

Die Mutter, in welcher bei diesen Worten die
anmuthigsten Gedanken erwachten, sagte lächelnd:
Da wollen wir ihn dem heutigen Heiligen, dessen

geborner Schützling er ist, bestens empfehlen. Und die ganze Gesellschaft erhob sich, stieß die Gläser zusammen und ließ den heiligen Kreuzträger hoch und abermals hoch leben.

So wenig ernstlich nun auch dieser Toast, zumal von protestantischen Trinkern und Trinkerinnen, gemeint war, so zündete er doch dem jungen Schutzbefohlenen des Andreas ein ganz neues Licht an, wozu das liebevolle Verhältniß zu seinem Vater nicht wenig beitrug. Außer den unbedingten Pflichten des Sohnes und Lehrlings hatte er sich nämlich gegen ihn eine Menge anderer, gewissermaßen freiwilliger Verbindlichkeiten auferlegt, wofür er stets von ihm durch die freundlichste Anerkennung belohnt wurde. Was zur Befriedigung und zum Vergnügen des Vaters geschehen konnte, fand dieser immer gethan, ohne daß es im äußersten Falle mehr als einer leisen Andeutung bedurft hätte, und so hatte der Sohn sich nach und nach einen Kreis von überverdienstlichen Werken zu eigen gemacht, wobei es freilich neben einem gewissen Takte, der seinen Eltern in dem Isolirungssystem ihrer Erziehung allerdings nicht abzusprechen war, seiner guten Natur zugeschrieben werden mußte, wenn er eine gefährliche Klippe vermied, nämlich die Tugend= haftigkeit der sogenannten guten Kinder, wovon uns so manche Erziehungsschriften mit den wider= lichsten Beispielen überhäuft haben. Alles was von Gehorsam, Anlehnung, Gefälligkeit, Liebe und Zuvorkommenheit gegen seine Eltern an ihm zum Vorschein kam, war rein natürlich, und viele lustige Mißgriffe, wozu ihn auch diese Eigenschaften ver= leiteten, konnten die Ungeschminktheit seines Wesens bezeugen.

Theodor, wie ihn jenes hingeworfene Wort seines Vaters traf, glaubte nicht anders, als jetzt sei die Gelegenheit vorhanden, ihm die größte Freude seines Lebens zu bereiten, und war der festen Meinung, von dem Vater nach seiner Art dazu aufgemuntert zu sein. In diesem Augenblick fiel ihm ein, was bei seines Vetters Hochzeit dessen Vater gesagt hatte: sein Sohn habe ihm schon viele Freude gemacht, aber noch nie eine solche, wie die, daß er ihm eine so liebe Tochter zuführe. Nun meinte er das Gleiche schuldig zu sein, ungefähr eben so, wie er den Vater sonst mit einer frühen

Blume überrascht oder ihm einen sehnlich erwar=
teten Brief vor der Stunde des Austragens auf
der Post abgeholt hatte.

Sein Entschluß war also schnell gefaßt, denn
seine Neigung kam ihm zu Hilfe. Er wollte hei=
rathen: wen, das wußte er, wie, das machte
ihm kein Bedenken. Mit seinem Vater vorher
darüber zu sprechen, fiel ihm gar nicht bei, denn
in seinem ohnehin in sich gekehrten Wesen hatte
ihn schon längst der Ausspruch des gemessenen
Mannes bestätigt, man müsse nicht Alles beschwatzen
und ausklingeln, sondern ruhig und geradeaus thun,
was der Tag und seine Ordnung erheische. Auch
war es gewiß nicht unbillig von ihm, wenn er das
wichtige Vorhaben, eine Frau zu nehmen, unbedenk=
lich für seine eigene Angelegenheit hielt.

Die Gläser hatten noch nicht ausgeklungen,
als der Vorsatz, sich mit der schönen und sanften
Marie zu vermählen, in seiner Seele durchdacht
und reif war. Während bei einer Schlittenfahrt,
die man Abends in der Novemberlandschaft machte,
die Begeisterung der Andern schnell erkaltete, flammte
seine eigene nur um so glühender auf; er saß in

seinen Mantel gehüllt, und das Gebimmel der Glöckchen wiegte ihn in die süßesten Träume von seinem künftigen Glück.

Der Tag darauf war ein Sonntag und somit zur Beschleunigung des Vorhabens ganz geeignet. Ein Besuch bei dem Vater der Geliebten hatte Theodor vor kurzer Zeit mit den zu einer Heirath wesentlichen Formen bekannt gemacht; er hatte näm=lich daselbst einen jungen Mann getroffen, der sich als Bräutigam vorstellte und von dem Geistlichen die nöthigen Belehrungen einholte. Bei dieser Ge=legenheit erfuhr der Jüngling, daß man vor der Hochzeit etliche Male proclamirt werden müsse u zu dieser vorläufigen Handlung durch ein gew Zeugniß von der weltlichen Behörde befähigt we

Er wußte, sein Vater würde heut in die Ki kommen, und hatte ihm daher die angenehmste Ueberraschung von der Kanzel aus zugedacht. Eben hatte man das erste Zeichen gegeben, als er sich auf den Weg nach dem Amthause machte, um, wie er meinte, das Nöthige daselbst in Ordnung zu bringen. Daß er nicht den leisesten Gedanken auch

nur wenigstens an Mariens Einwilligung halte,
ist und bleibt allerdings ein kleiner Flecken in seinem
sonst so trefflichen Charakter; doch mag es zu
seiner Entschuldigung dienen, daß keine Anlage zum
Despotismus, sondern die lautere Unschuld daran
schuldig war: er dachte nicht anders, als so müsse
es eben sein.

Nach kurzem Warten wurde er auf dem Amt=
hause vorgelassen. Hier erwies ihm der Zufall,
der so oft die seltsamsten Karten mischt, seine volle
Gunst. Der Oberbeamte, den am Tage zuvor
einige Freunde aus der Residenz zu besuchen ge=
kommen waren, stand gestiefelt und gespornt vor
dem Bittsteller, und war im Begriffe den Sonntag
durch eine Jagdpartie zu feiern, die er seinen Gä=
sten zu Ehren anstellen wollte; unten aber stampfte
und wieherte sein Roß, von nicht minderer Unge=
duld als der Herr beseelt. Diese Hast be=
nahm ihm den Scharfsinn, die Sache zu ergrün=
den, deren Verdächtigkeit ihm in jedem andern Augen=
blicke schwerlich entgangen wäre, und er fragte nur
etwas verwundert:

Wie? so jung schon wollen Sie heirathen? Das ist mir in meiner langen Praxis noch nicht vorgekommen.

Ich würde mich auch nicht so schnell entschlossen haben, erwiderte Theodor mit der unbefangensten Freundlichkeit, wenn ich nicht wüßte, welche Freude ich meinem Vater durch diese Erfüllung seines größsten Wunsches bereite.

Diese Aeußerung hielt der Amtmann für authentisch, und da er vernahm, daß die erste Proclamation heute schon vor sich gehen sollte, so dachte er, der Vater des jungen Mannes werde ihm wohl noch vor der Hochzeit seine Aufwartung machen, um diese wunderliche Eilfertigkeit zu erklären. Dabei erinnerte er sich der Instruction, die er von seinen Obern hatte, die weiland Reichsbürger, besonders die Angehörigen und Abkömmlinge der höheren senatorischen Würden, in allen billigen und möglichen Dingen mit Schonung und Zuvorkommenheit zu behandeln. Sie kommen also, um wegen Ihrer Minderjährigkeit Dispensation einzuholen? fragte er artig.

Ja, stotterte Theodor, der von diesem staats=

bürgerlichen Erforderniß eben jetzt den ersten Begriff erhielt; denn er war rein aus Zufall vor die rechte Schmiede gerathen, da er die Papiere, die ihm vorschwebten, ganz anderswo zu suchen gehabt hätte, nämlich auf dem städtischen Rathhause.

Aber das werden Sie einsehen, fuhr der Beamte fort, daß ich Ihnen die Regierungserlaubniß, selbst durch Taubenpost, nicht von jetzt an bis zum Zusammenläuten verschaffen kann.

Theodor sah ihn betroffen an, und wollte schon die unglückselige Erklärung geben, daß die Sache in diesem Fall keine so große Eile habe, als der Amtmann ihm heiter und verbindlich in die Rede fiel.

Wissen Sie was? sagte er. Ihre Familie ist mir ja wohlbekannt. Die höchste Entscheidung kann nicht den mindesten Anstand haben, und daß sie noch vor Ihrer Hochzeit zu den Acten kommt, dafür will ich sorgen.

Er setzte sich und schrieb, daß Kies und Funken stoben, sofern man dies von einer spritzenden Feder sagen kann. Zumachen, siegeln, überschreiben, und gleich auf die Post! rief er dann seinem

Schreiber zu, indem er den Bogen zu ihm hinüber=
fliegen ließ. Flugs ergriff und beklexte er einen
zweiten, der „ventre à terre," wie sich der Be=
amte auszubrücken liebte, in Theodors Händen war.
Hier, setzte er hinzu, ein provisorisches Attestat für
das geistliche Amt, daß der Proclamation nichts im
Wege steht.

Ehe Theodor wußte, wie ihm geschah, war er
mit einer Gratulation nebst Respect an seine Eltern
abgefertigt. Den Amtmann aber trug sein schäu=
mendes Roß im Gefolge der andern Reiter davon,
und beim Anblick des ersten Hasen hatte er die
ganze Angelegenheit vergessen.

Die Leidenschaften der Andern begünstigen un=
sere eigenen. Hatte Theodor sein Spiel bei dem
weltlichen Amte gewonnen, so gelang es ihm beim
geistlichen noch viel besser. Sein alter, würdiger
Freund war ebenfalls ausgeritten, aber auf eine
andere Art als der Amtmann, und auch zu einem
andern Zwecke. Ein sehr zahmer Schimmel, viel=
leicht ein Abkömmling des berühmten Hippogryphen,
auf dem der fromme Gellert seine moralischen Spa=
zierritte zu machen pflegte, hatte ihn auf ein be=

nachbartes Dorf getragen, deffen Pfarrer, ein Univerfitätsfreund von ihm, krank darniederlag, und der Vicar follte die Predigt halten. Schon läuteten alle Glocken zufammen, als unfer unvergleichlicher Simpliciffimus den weiten Weg vom Amthaufe zurückgelegt hatte und athemlos in das Stubirzimmer trat. Er konnte kaum noch fagen: Wollen Sie nicht die Güte haben, Herr Vicarius, und mich heute zum erften Mal proclamiren?

Mit wem? fragte diefer höchft erftaunt.

Es war dem Jüngling unmöglich, ihren Namen über die Lippen zu bringen, und er fagte daher bloß: Mit der Tochter des Herrn Stadtpfarrers.

Der Vicar wurde tobtenbleich. Er hatte die ältefte Tochter fchon lange Zeit heimlich geliebt, und glaubte auch in ihren Augen gelefen zu haben, daß er in ihrem Herzen keine geringe Stelle behaupte. Wie nun die Liebe blind macht, fo dachte er nur an Minchen: fie war die Verlobte des unmündigen Knaben, und er war der Verfpottete, der Herr von Gleichfam, welche Eigenfchaft ihm fchon als Amtsverwefer anklebte. Ohne Zweifel hatte man um feine Liebe gewußt und beswegen

Alles vor ihm geheim gehalten. Darum war der Vater fortgeritten, um nicht mit ihm darüber sprechen zu müssen. So sehr wollte man ihn aufopfern, daß er selbst sie proclamiren mußte mit einem Andern!

Diese und hundert ähnliche Gedanken kreuzten sich in seinem Kopfe, es schwirrte ihm vor den Augen, er wußte nicht, was er dachte, was er that aber seine Predigt hatte er rein vergessen. Endlich nahm er sich zusammen und sagte so fest wie möglich: Nun, ich wünsche Fräulein Minchen alles erdenkliche Glück, und auch Ihnen, aus aufrichtigem Herzen.

Nicht Minchen, entgegnete Theodor zögernd, der seinerseits in keiner geringeren Verlegenheit war.

Also Marie ist Ihre Braut? rief der Vicar aufathmend. Theodor nickte erröthend mit dem Kopfe.

Es war heraus, Beide standen da und sahen einander erleichtert an. Endlich fiel der junge Geistliche in seiner Amtstracht dem beseitigten Nebenbuhler um den Hals und küßte ihn und wünschte ihm Glück und küßte ihn wieder; die Freude auf den plötzlichen Schrecken hatte ihn betäubt und Bedenklichkeiten kamen ihm gar nicht in den Sinn. Zudem wurde drüben in der Kirche schon der erste Vers gesungen, und zu weiteren Erörterungen war keine Zeit. Wenn er in diesem Drang der Umstände auch nur den fernsten Zweifel gehegt hätte, so mußte schon das vom Amtmann ausgestellte Zeugniß hinreichen, denselben zu unterdrücken. Nach einer Ermächtigung von Seiten der Gemeindebehörde brauchte er nicht zu fragen, da die bürgerlichen Verhältnisse des Bräutigams wie der Braut „notorisch" waren, und die Bücher, welche über ihre Geburt und Taufe Aufschluß gaben, führte er ja selbst. Er schrieb nur noch eilig die Namen der beiden Verlobten in das Verkündbüchlein, nahm Abschied von seinem neuen Freunde und begab sich in die Kirche. Unterwegs zwar kam es ihm doch ein wenig seltsam vor, daß man ihm, der das Vertrauen der Pfarrersfamilie in hohem Grade zu genießen glaubte, ein solches Geheimniß aus der Sache gemacht haben sollte; aber er konnte nicht lang nachdenken, denn der Weg zur Kirche war kurz, und er entdeckte auf einmal mit Schrecken, daß er alle seine Geisteskräfte aufbieten müsse, um sich wieder sattelfest in seine Predigt zu setzen, über die er unter der Erschütterung dieses Auftritts beinahe die Herrschaft verloren hatte.

Auch Theodor trat in die Kirche und nahm mit dem Gefühle, das eine wohlausgeführte und gelungene Unternehmung gewährt, seinen Platz im väterlichen Kirchenstuhle ein.

Wir wenden uns nun zu Theodors Braut wider Wissen, aber nicht wider Willen, und widmen ihrem Herzen eine kurze Betrachtung. Wenn er durch unbekannte Fesseln an Marien gebunden war und keinen klaren Begriff von diesem geheimen Zauber hatte, so fühlte sie dagegen eine desto deutlichere und lebhaftere Neigung zu ihm, und Theodor wäre erschrocken, wenn er gewußt hätte, welche Verheerung seine treuen braunen Augen, die er oft so lang auf ihr ruhen ließ, in ihrem Herzen angerichtet hatten; sie selbst jedoch, deren Bewußt=sein, wie natürlich, viel früher entwickelt war, wußte es nur gar zu gut.

Theodor war in der That schön zu nennen: in sein edles, faltenloses Gesicht hatte das Leben noch keine jener Linien geschrieben, in welchen die herbe

Weisheit der Erfahrung zu lesen ist, und doch ruhte
auf seiner Stirne ein tiefer Ernst, und um seine
Lippen, auf welchen ein schwarzes Bärtchen zu kei-
men begann, spielte eine leise Wehmuth, wie sie
nur jenen Sonntagskindern eigen ist, die sich in
der Welt halb fremd, halb heimisch fühlen. Auch
das Mitleid, mit dem sie ihm oft gegen die Neckereien ihrer Schwester zu Hilfe kam, war ihr gefährlich und weckte mit seinen Engelsstimmen neue
aber bald verstandene Gefühle in ihrem Herzen.
Es war nicht zu seinem Schaden, daß sie oft von
Fällen träumte, wo sie mit Wort und That für
ihn einstehen und ihm den Weg ebnen müßte, auf
daß sein Fuß an keinen Stein stieße; denn ein gewisses zärtliches Protectorat ist es, was junge Mädchen gar zu gern ausüben möchten.

Auf der andern Seite aber hatte Theodor bei
aller Mädchenhaftigkeit etwas Entschiedenes und
Männliches. Er war, da es sein Vater an nichts
fehlen ließ, ein tüchtiger, kecker Reiter geworden,
den oft nur die Bitten seiner Mutter von allzu
verwegenen Streichen zurückhielten. Auch im Gespräche war er, bei aller Scheu des ungewohnten

Bewegens in Gesellschaft, nicht eigentlich schüchtern oder befangen, sondern er gab sich, sobald die erste Verlegenheit überwunden war, zutraulich, gegen wen er es sein konnte, und offen auf jede Gefahr. Am meisten jedoch war ihr Herz gewonnen durch eine unaussprechliche Treuherzigkeit, die oft alle Schranken und Verzäunungen seines unbeholfenen Wesens auf's Liebenswürdigste durchbrach. So hatte sie ihm denn ihre volle Neigung zugewendet, und dachte mit Grausen des Tages, an dem er einst die gebräuchliche Reise ins Ausland antreten würde, und den sie nicht überleben zu können meinte.

Der heutige Gottesdienst war nicht eben geeignet, sie ihren Träumereien zu entreißen. Freilich, um ein junges Herz voll weltlicher Entwürfe und Hoffnungen wo möglich dem Ewigen zuzuwenden, dazu hätte ihr Vater auf der Kanzel stehen müssen, den zu einer solchen Wirkung, abgesehen von seiner größeren Uebung und seinen reiferen Kenntnissen, schon allein sein Alter befähigt hätte. Sein Stellvertreter hatte, damit Alles heute zusammentreffen sollte, um den Plan unseres Helden zu krönen, zu seinem Thema die Liebe erwählt, freilich die christ=

liche, aber sein Herz spielte ihm manchen Possen
dabei. So wollte er zum Beispiel, um die Vor-
züge der Liebe besto heller ins Licht zu stellen, ein
abschreckendes Gemälde der Zwietracht entwerfen;
hier hielt er sich aber sehr kurz bei den Zerwürf-
nissen der Menschen überhaupt auf und ging schnell
zu einer Entwicklung der schädlichen Folgen ehe-
licher Zwistigkeiten über, schilderte beredt die Ver-
moderung der Gemüther von entzweiten Gatten,
und hielt dann mit Begeisterung eine feurige Lob-
rede auf den ehelichen Frieden und die eheliche Liebe.
Auch als er zum Gegensatze zwischen der Liebe und
der Weisheit dieser Welt überging, blieb die Ver-
gleichung immer etwas zweideutig, und der Haupt-
punkt hieß: „Die Weisheit der Welt ist lieblos
oder wenigstens allzu berechnend, als daß sie dem
stillen Zuge des Herzens nachzugehen wagte." Er
schloß endlich mit der Ermahnung an die Gemeine,
der Liebe anzuhängen, die allein selig mache.

Bei dem letzten Theile waren Mariens Gedanken nicht mehr anwesend, auch das darauffolgende
Gebet überhörte sie völlig. Sie weilte immer bei
dem schönen Bilde des häuslichen Glücks, das der

Prediger mit so hellen Farben ausgemalt hatte.
Einmal wagte sie einen flüchtigen Blick auf Theodor
zu werfen: da saß der liebenswürdige Verbrecher
mit der harmlosesten Miene von der Welt, nur be=
lebt durch eine kleine Ungeduld, womit er das Ende
des Gottesdienstes heranzuwünschen schien. Auch
sie blickte der letzten Ceremonie jetzt entgegen; eine
seltsame Gedankenverbindung erinnerte sie auf ein=
mal an die Proclamation, die nach dem ersten Ge=
bete stattzufinden pflegte, und kaum waren ihre
Gedanken darauf gerichtet, so fing ihr Herz zu
dictiren an:

„In den Stand der Ehe wollen sich begeben:
Theodor Grabmann, Friedrich Grabmanns, hiesigen
Bürgers und Kaufmanns, ehlich lediger Sohn, und
Marie Textor, hiesigen Stadtpfarrers, Jeremias
Textors, ehlich ledige Tochter.“

Welch ein wundersames Licht goß ihre Liebe
über diese bürgerlich nüchterne Formel aus! So,
dachte sie, sollte es jetzt heißen! Sie hätte den
Vicar zwingen mögen es ihr nachzusprechen. „So
Jemand Hindernisse wüßte,“ murmelte sie trotzig vor

sich hin, „daß gemeldte Personen nicht ehlich könnten zusammenkommen" —

Da ertönte es von der Kanzel:

In den Stand der heiligen Ehe wollen sich begeben —

Gott im Himmel! Marie glaubte in den Boden sinken zu müssen. Wort für Wort hörte sie ihre geheimsten Gedanken in öffentlicher Kirche ausgesprochen. Die Sinne schwanden ihr, sie wußte nicht, ob nicht sie selbst es sei, die, von einer unwiderstehlichen Zaubermacht gezwungen, die leisen Worte ihres innersten Herzens mit lauter Stimme da droben der Gemeinde zurufe. Die weiche Stimme des Predigers klang ihr wie eine Gerichtsposaune; eingewurzelt, mit starrem Blicke vor sich niedersehend, ohne Sinn und Gedanken, blieb sie stehen, und als die Orgel zum letzten Vers von dem Liede: „Liebe, die du einst zum Bilde," einfiel, meinte sie die Donner des letzten Tages zu hören, und erwartete regungslos den Einsturz des Gewölbes. Das Geräusch der fortströmenden Gemeinde brachte sie wieder zu sich, sie raffte sich, so gut es ging, zusammen, und schwankte nach Hause.

Die Proclamation hatte in der Kirche großes Aufsehen erregt. Die Jugend des Bräutigams, seine wohlbekannte Unerfahrenheit, die Abweichung von dem gewöhnlichen Lebensgang junger Leute, alles dies versetzte die Zuhörer in kein geringes Staunen, aber Mariens Verwirrung, wie man auch dieselbe deuten mochte, schien jedenfalls gegen die Ceremonie keinen Einspruch zu thun, und weder an dem Sohne, noch an dem Vater, der sich ungemein zu beherrschen wußte, konnte man irgend etwas bemerken, das der Rechtmäßigkeit der Handlung widersprochen hätte.

Letzterer hatte sich selbst nicht getraut, als er die verkündeten Namen hörte; einen Augenblick hielt er es für einen tollen Studentenstreich des jungen Vicars, der jedoch stets einen so bescheidenen Humor und eine so gemäßigte Gemüthsstimmung gezeigt hatte, daß diese Annahme höchst unwahrscheinlich war; im nächsten Momente sagte ihm ein Blick auf seinen Sohn und dessen heiteres und unbefangenes Aussehen die ganze Geschichte dieser Veranstaltung. Sobald die Kirche zu Ende war, nahm er ihn beim Arm, indem er ihm mit strengem Tone zuflüsterte: still, kein Wort jetzt! und führte ihn nach Hause. Theodor ging neben ihm her mit einem Gesicht und mit Schritten, wie wenn er in einen Eierkorb getreten wäre. Von den beiderseitigen Müttern war zum größten Glück heut keine in der Kirche gewesen.

Zu Hause mußte der arme Junge ein scharfes Verhör bestehen, aber seine Bekenntnisse waren bündig und überzeugend. Der Vater kannte seinen Sohn viel zu gut, als daß er nicht an die Redlichkeit seiner Absicht geglaubt hätte; sein Aerger schwand, und als er troß dem daß die Bereitwilligkeit des Vicars ein Räthsel für ihn blieb, bedachte, wie der Zufall dem unerhörten Vorhaben des Brautwerbers zu Hilfe gekommen war, konnte er kaum noch seine strenge Haltung bewahren. In dieser Umstimmung bestärkte ihn der Richter, ein jovialer Mann und vieljähriger Freund des Hauses, der seinen verwunderungsvollen Glückwunsch abzustatten gekommen war, und nun, über den wahren Hergang belehrt, das Signal zur allgemeinen Heiterkeit gab.

Der Bursche hat einen sublimen Einfall gehabt, sagte er, nachdem er sich satt gelacht hatte, und Ihr, Freund, Ihr hättet es in Eurem ganzen Leben nicht so weit gebracht. Ich weiß wohl noch, welche Angst und Noth es Euch gekostet, bis Ihr endlich das Jawort dieser Eurer Frau hattet. Etwas jung ist Euer Sohn freilich noch, aber diesen Fehler wird er von Tag zu Tag verbessern. Ich kann Euch versichern, schon als Experiment freut's mich ungemein, daß ich zwei so blutjunge Leutchen zusammengebracht sehe, und dann halt' ich's auch eher für nützlich als schädlich; denn jetzt können sie sich zusammengewöhnen und sich an einander bilden, viel eher als wenn der junge Mensch in der Welt herumgestoßen worden ist und Lebensüberdruß, Langeweile und tausend unerträgliche Eigenheiten mitgebracht hat. Item, es geht; gebt die beiden Leutchen zusammen! An Vermögen fehlt es nicht, Ihr laßt Eurem Sohn einen Antheil an Eurem Geschäfte zukommen, was Ihr früher oder später doch gethan hättet, und wenn es denn je gereist sein soll, so schickt Ihr ihn nach ein paar Jahren in gemeinschaftlichen Angelegenheiten nach Italien; es reist sich doch auch anders, wenn man Weib und Kinder zu Hause hat. Gelernt hat er bei Euch was er braucht, und dumm ist er auch nicht, denn an seinem heutigen Geniestreich seid Ihr selber schuldig, weil Ihr ihn zu wenig unter die Leute gelassen habt. Es ist auch nicht das einzige Beispiel: Fürsten heirathen sehr oft noch jünger, und warum soll dies Glück nicht auch einmal einem Bürger zu Theil werden? Und so gratulire ich denn von ganzem Herzen zu dieser Heirath, die mit so überraschender Geschwindigkeit zu Stande gekommen ist. Amen.

Er aber, junger Herr, wandte er sich mit einem kräftigen Handschlage zu Theodor, Er hat mich durch dieses Stückchen ganz und gar zum Freunde gewonnen. Seine Thorheit ist Weisheit vor Gott, und dies Alles ist geschehen, auf daß erfüllet würde, was da geschrieben stehet: Selig sind die Einfältigen, denn sie werden das Himmelreich ererben!

Sie haben aber in Ihrer Rechnung einen Factor vergessen, sagte der Vater: denn wenn ich nun auch wohl oder übel einwilligen muß, was werden Mariens Eltern dazu sagen?

Pah! die haben so viel und mehr Grund, als

wir, sich dem Zwang der vollendeten Thatsache zu unterwerfen. Und es sind ja alte Freunde.

Aber Marie? warf die sanfte Mutter ein. Es war den beiden Männern gerade wie dem Sohne gegangen, sie hatten an die Hauptperson zuletzt gedacht.

Darein melir' ich mich nicht! rief der lustige Richter: und überhaupt, was geht das uns an? Das ist seine Sache, der Tuchmäuser soll sehen, wie er zurechtkommt. Uebrigens glaub' ich nicht, daß er einen verzweifelt harten Stand haben wird, wenn er die Suppe ausessen muß, die er einge= brockt hat. Jetzt nur rasch vorwärts zum nachträg= lichen Verlöbniß. Es fehlt nichts mehr dazu als was die altdeutsche Rechtssatzung vorschreibt: „Er trete ihr auf den Fuß und habesihme." Habeat sibi!

Das grobe Geschütz des Richters trug den Sieg davon, und wenige Augenblicke darauf traten der Vater und der Sohn im Pfarrhause ein. Dort war die Verwirrung indeß nicht kleiner gewesen. Marie hatte sich, ohne ein Wort zu sprechen, auf ihr Zimmer geflüchtet, der Vicar, dem seine ge=

sunde Vernunft, jetzt sagte, daß er sich habe über=
rumpeln lassen, hatte der Mutter einen halben
Aufschluß über den Vorfall gegeben und dann so=
gleich das Haus verlassen; Minchen war in Ver=
zweiflung. Erst durch Theodors Vater wurde das
Räthsel vollends aufgeklärt, und die verständige
Frau sah sogleich ein, daß, wie die Sache nun
einmal stand, kein Rücktritt mehr möglich sei.

Ehe ich eine bestimmte Antwort gebe, fügte sie
hinzu, sollte ich freilich die Ankunft meines Man=
nes abwarten, aber der ganze Fall ist so klar und
zugleich so unwiderruflich, daß ich mir seine Mei=
nung im Voraus denken kann. Die Brautschaft
also ist so gut wie im Reinen, aber — bedenken
Sie, was die Welt sagen wird — die Hochzeit
muß aufgeschoben werden.

Warum nicht gar? rief Theodors Vater, der,
nachdem er einmal seinen Entschluß gefaßt hatte,
in vollem Zuge war. Ein Aufschub nach der Pro=
clamation würde nur neues Gerede geben. Lassen
wir die Welt glauben, was sie will und so lang
sie kann. Die Wahrheit hat immer das letzte Wort.

Vor Allem, sagte sie, müssen wir sehen, wie

wir mit Marien zurechtkommen; das Mädchen macht mir bang, sie ist droben auf ihrem Zimmer und will kein Sterbenswort sprechen.

Hier faßte sich Theodor, der Rede des Richters eingedenk, ein Herz, und bat so lang und so dringend, man möchte es ihm überlassen, Marien zu verständigen, daß die Mutter endlich einwilligte, und sein Vater ihn lachend nach der Thüre trieb.

Mit klopfendem Herzen stieg er die Treppe hinauf und trat in das kleine Zimmer. Das liebe Mädchen saß an einem Fenster, dessen Vorhänge herabgelassen waren, das Gesicht in ihr Tuch gedrückt. Bei seinem Eintreten blickte sie mit thränenschweren Augen auf, wendete sich aber unwillig ab, da sie ihn erkannte. Theodor trat zögernd hinzu und stammelte:

Liebe Marie —

Das hätte ich Ihnen nicht zugetraut! rief sie mit von Schluchzen erstickter Stimme. Das ist ein Spaß, der mir das Herz bricht.

Mein Gott! rief Theodor, dem beim Anblick ihres Jammers ebenfalls die Thränen kamen, es war kein Spaß, es war ja mein völliger Ernst!

Marie sah ihn starr an, und brach auf einmal in helles Lachen aus, worein ihr sympathetischer Freund bald von Herzen einstimmte. Dann aber nahm sie eine sehr ernsthafte Miene an, und fragte ihn, wie er sich unterstanden habe, so eigenmächtig hinter ihrem Rücken über sie zu verfügen.

Er erwiderte, da er es nicht habe über die Zunge bringen können, ihr sein Herz zu entdecken, so habe er sich einen andern Mund gewählt, um seine Herzensmeinung recht laut und deutlich aus=zusprechen.

Sie lachte und weinte zu gleicher Zeit und hörte nicht auf, ihn einen abscheulichen Bösewicht zu nennen, bis er ihr schwur, er habe nicht von ferne daran gedacht, daß die Ueberraschung, die er sich im Vertrauen auf ihre herzlichen Gesinnungen für ihn und die Seinigen ausgesonnen, ein Ein=griff in ihren freien Willen sei, er habe gemeint, so müsse man es angreifen, wenn man frischweg und ganz aus eigenen Stücken in die Welt hinein rufen wolle: „Die will ich und keine Andere!"

Wer liebt, vergibt leicht, wenn er seinen Willen, sei es auch auf Kosten eben dieses Willens, erlangt hat; daher, als er auf's treuherzigste um Verzeihung bat und sie fragte, ob sie nun das Geschehene gelten lasse und die Einwilligung der beiderseitigen Eltern durch die ihrige bestätige, faßte ihn das schöne Kind statt aller Antwort beim Kopf und küßte ihn recht herzhaft. Dieser Kuß that Wunder und brachte unsern Helden auf einmal in Weisheit und Verstand um viele Jahre vorwärts; es ging ihm wie dem kühnen Jonathan, als er den Honig gekostet hatte, wovon geschrieben steht: „Da wurden seine Augen wacker." Er war zur Erkenntniß gekommen, aber auf eine Art, wie sie nur einem Schoßkinde des Glücks zu Theil wird, zu einer Erkenntniß, wie sie der Dichter bezeichnet:

Um die gemeine Deutlichkeit der Dinge
Den gold'nen Duft der Morgenröthe webend.

Mitten im Jubel der beiden glücklichen Kinder traf der alte Geistliche auf seinem Schimmel ein, bereits von Allem unterrichtet; der Vicar war ihm entgegengegangen und hatte sich das Gewissen durch eine aufrichtige Beichte befreit, wobei er den Zustand seines eigenen Herzens nicht ganz hatte verbergen können. Der alte Herr legte heiter lachend

Mariens und Theodors Hände in einander, und
da die Herzen nun einmal geöffnet waren, so fügte
es sich, daß die untergehende Sonne dieses Tags
auf das Glück zweier Brautpaare leuchtete.

Es war unserem Helden doch erst wohl, als am
nächsten Sonntag die zweite, rechtmäßige Ausgabe
seiner Proclamation erfolgte. Wie er aber am
Hochzeittage seine Neuvermählte aus der Kirche
führte, wurde er von den Leuten mit Verwunderung betrachtet, und sie flüsterten sich zu, er sehe
aus, als ob er in der kurzen Zeit um einen ganzen Kopf in die Höhe und um eine ganze Brust
in die Breite gewachsen wäre.

# Das Horoskop.

An einem regnerischen Sonntagnachmittag, der kein Umhertreiben im Freien gestattete, beliebte es uns müßigem Knabenvolke, fünf, sechs Mann hoch einzufallen — und zwar wo anders als in dem stillen Hinterhäuschen unsres alten Buchdruckers, von dem wir uns Geschichten erzählen ließen, wenn wir nicht selbst welche machen konnten? Freundlich lachend schob er beim Anblick der Einquartierung die Chronik weg, in der er gelesen hatte, nahm die in Horn gefaßte Nasenbrille ab und steckte sie vorsichtig, um sie außer den Bereich unsres Fürwitzes zu bringen, in die Tasche seines abgetragenen Hauskamisols.

Wir blätterten in seiner Chronik, malten mit Griffel und Kreide auf der Schieferplatte, die nach alter Weise in seinen Tisch eingelassen war, und wandten dazwischen kaum die Augen von ihm ab. An Mitteln der Unterhaltung gebrach es ihm nie, denn er verstand tausend kleine seltsame Künste, die wir ihm abzulernen bemüht waren. Am liebsten aber suchte er Spielereien jener Art hervor, wobei dunkle Naturkräfte mitzuwirken schienen.

Daher, nachdem er uns geheimnißvoll etwas ganz Neues, noch Niegesehenes angekündigt, brachte er ein leeres Glas und seinen einstigen Trauring, den er an einem Faden befestigte, worauf er den Faden zwischen die Finger nahm und den Ring in das Glas hängen ließ. Dieses Spiel, das seitdem und schon früher die Runde oft genug durch die Welt gemacht hat, war damals für uns eine völlige Neuigkeit. Nicht lang, so begann der Ring sich leise am Faden zu bewegen und in immer weiteren Schwingungen hin und wieder zu schweben, bis er klingend erst an einer und dann an beiden Seiten des Glases anschlug.

Der Alte ergötzte sich an unserem Staunen, widerlegte unsre Zweifel durch die Versicherung, daß er nichts gethan habe, um dem Ringe eine

Bewegung zu geben, und ließ uns dann gleichfalls Einen um den Andern unser Heil versuchen.

Der Ring war nicht Allen gleich günstig. Dem Einen, obgleich derselbe sichtbar rüttelte, that er keinen Gefallen, dem Andern, der die Finger unverrückt über dem Glase hielt, war er bald wie eine von unsichtbarer Hand geschwungene Glocke zu Diensten. Dies gab allerlei Streit, man riß sich den Faden aus den Händen und beschuldigte einander unredlicher Kunstgriffe, so daß der Alte immer wieder Frieden stiften mußte, was ihm auch gar leicht gelang.

Endlich kam die Reihe an Einen, der eine besondere Kraft in den Fingerspitzen zu haben schien. Der Ring wurde unter seiner Hand gleichsam lebendig und läutete mit sanften aber entschiedenen Schlägen ohne Aufhören fort.

Der Buchdrucker nickte beifällig. Fragen Sie ihn, wie lange Sie leben werden, sagte er.

Auf diese Worte kam die kleine Glocke erst recht in Bewegung, und das Geläute wollte kein Ende nehmen, bis die andern Knaben, von geheimem Neid getrieben, über den neuen Methusalah zu spotten begannen und diesen hieburch ob seines Glücks verlegen machten. Ich mag nicht so alt werden, rief er, indem er, mit dem kindischen Trotze, der den Knaben in solchen Fällen eigen ist, den Ring in das Glas fallen ließ.

Schade, sagte der Buchdrucker neckend, der Ring hat Ihnen, wie der Kukuk im Frühling, ein langes Leben ansagen wollen, und das haben Sie nun vielleicht verscherzt.

Wäre so etwas möglich? fragten wir.

Nun, entgegnete er, das hier ist freilich nur ein Spiel, aber es gibt in der That Mittel und Wege, um Einiges von der Zukunft zu erforschen. Ich selbst habe vor Jahren einen Bekannten gehabt, der es verstand, aus den Namen eines Menschen und den Namen seines Vaters, Vor- und Zunamen zusammen genommen und die Buchstaben in gewisse Zahlen gebracht, Jahr und Tag seines Todes voraus zu berechnen. Er wollte mich seine Kunst lehren, aber mir graute davor, auch gab ich ihm die Materialien zu meiner Lebensrechnung nur unter dem Beding, mir das Facit zu verschweigen. Er sagte mir deshalb bloß im Allgemeinen, ich werbe so alt werben, baß ich bamit zufrieben sein könne, und das ist auch), wie Sie sehen, bereits eingetroffen.

Schade! riefen nun auch wir, nicht über das Eintreffen der Prophezeiung, sondern über den Untergang der Kunst. Diese sechste Species der Arithmetik beuchte uns so unschätzbar als das sechste Buch Mosis, und wir würden uns ohne Grauen barüber hergemacht haben, einander den Lebenspaß zu bisiren.

Der alte Buchbrucker schüttelte jedoch den Kopf. Solche Rechenexempel thun nicht gut, sagte er. Verloren ist übrigens die Kunst nicht, denn es gibt immer noch Leute, die sich auf sie verstehen, in bieser ober jener Weise.

Wir waren höchlich verwundert über diese Mittheilung, und als er uns nun die spärliche Kunde gab, die er sich von jenem dunklen Reiche zu verschaffen gewußt hatte, vom Aufbau der himmlischen Häuser, von Aspecten, Quabraturen, Conjunctionen, Oppositionen, Triplicitäten, ba verschlangen wir ihm die Worte vom Munde weg.

Aber, setzte er hinzu, es ist weislich eingerichtet,

daß nur Wenige der Sache mächtig sind. Der Mensch verträgt es nicht, in die Zukunft zu blicken, und was hätte er gar davon, die Stunde seines Todes zu wissen? Wenn er's verbrieft hätte, daß er nach etlichen Wochen, nach wenigen Tagen, morgen, heute sterben müßte, er oder Jemand von seinen Angehörigen, er hätte ja keinen frohen Augenblick mehr. Das hat Einer bitter erfahren, und ein Anderer dazu, der bei dem vermessenen Werke behilflich war. Der Letztere ist Ihnen vielleicht noch bekannt gewesen, denn er kam ja oft in die Stadt herein: der alte Schultheiß von —

Der Geisterbanner! riefen Mehrere zugleich.

Ja, er hat manchen Geist im Sack fortgetragen, den in eine abgelegene Waldklinge, jenen unter eine verlassene Brücke — nun lauf', wenn du kannst! So sagt man wenigstens. Aber gewiß ist's, daß er bis an sein Ende vielen Hunderten ein Retter und Wohlthäter gewesen ist, bald durch Waldpflanzen, die er kannte wie Keiner, bald durch Sympathie, daß, wo der Aerzte Macht zu Ende war, die seinige erst anfing, und daß es fast keine Krankheit gab, der er nicht gewachsen gewesen wäre. Wie manch Einer, der sein Leben lang über Quacksalberei, Schäferei und Heilsprechen gespottet hatte, hat zuletzt noch an den alten Schultheißen glauben müssen und hat gern nach ihm geschickt! Und wenn man ihn dann die Straße daherwandeln sah seinen langsamen Gang, da war's, als zöge der Engel des Lebens im Krankenhause ein.

Freilich, er war der größte Wunderdoctor weit und breit, bemerkte altklug einer der kleinen Zuhörer, der den Erwachsenen nachzuschwatzen liebte.

Ach, er hat nur allzu viel gewußt, versetzte der Buchdrucker, indem er die Achseln zuckte und den Kopf schüttelte. Aber das Kräutlein, das für den Tod gewachsen ist, hat er doch nicht gehabt.

Da wir gewahrten, daß er nach diesen Worten sein Taschentuch hervorzog und jene Zurüstungen traf, die wir als untrügliche Vorboten einer Erzählung kannten, so versammelten wir uns mäuschenstill um ihn, obwohl nicht in der besten Ordnung, denn die Einen setzten sich auf die ihm zugekehrten Tischecken, die Andern knieten auf den Boden, legten die Hände auf den Tisch und das Gesicht auf die Hände, Alle voll Erwartung nach

ihm hinblickend. Die Beweglichkeit, die den Kna=
ben selten lang in der gleichen Lage verharren läßt,
erhielt unsern Conventikel stets in einer kleinen
Unruhe, die aber den alten Erzähler niemals zu
stören schien.

Von dem reichen Virginier werden Sie wohl
schon gehört haben? fragte er.

Wir verneinten dies.

Es ist freilich schon eine geraume Weile her,
fuhr er fort. Der reiche Fritz, oder der Virginier,
wie man ihn nannte, war auf seiner Wanderschaft
in die Hände von preußischen Werbern gerathen,
dann aus Preußen desertirt und in der Noth un=
ter braunschweigische Fahnen getreten, hierauf aber
mit braunschweigischen, hessischen und anderen Lan=
deskindern an England verhandelt worden, um
gegen die Amerikaner zu fechten. Ob er nun von
diesen gefangen wurde, oder ob er zu ihnen über=
ging, weiß ich nicht, kurz, die Engländer waren
um einen Soldaten geprellt, den sie noch obendrein
dem Herzog von Braunschweig theuer bezahlen
mußten.

Nun trug es sich zu, daß eine Amerikanerin

an dem deutschen Soldaten Gefallen fand und er in ihr eine reiche Braut gewann. Er nahm deshalb Gewehr bei Fuß und ließ sich im Staat Virginien bürgerlich nieder. Seine Braut starb jedoch unerwartet schnell, hatte aber vorher noch Zeit gehabt, ihn zu ihrem Erben einzusetzen. Mit ihrem Gelde gründete er ein Geschäft, bei welchem ihm das Glück blühte, so daß er in kurzen Jahren einen unermeßlichen Reichthum zusammenbrachte. Wie er nun tief genug in der Wolle saß, wurde ihm das einförmige amerikanische Wesen langweilig. Er gab sein Geschäft auf, packte Kisten und Kästen voll und segelte nach der alten Welt zurück.

Längere Zeit trieb er sich in Holland und Frankreich umher, stürzte sich in die Vergnügungen der großen Städte und genoß Alles, was, wie man zu sagen pflegt, der Welt Brief ausweist. Auf die Letzt aber zog es ihn doch wieder in die Heimath, die er nicht vergessen hatte, und wo er eine größere Figur machen konnte, als in Amsterdam oder Paris. Er kam also hieher, kaufte ein Haus, lebte von seinem Geld, und das ziemlich locker. Bald hatte sich ein Kreis von gleichgesinn=

ten Kumpanen um ihn gesammelt, die Alles mit=
machten, Ledige und Verheirathete. Die Weiber
der Letzteren wünschten ihm, daß er an einer ame=
rikanischen Bleibohne erstickt oder unterwegs in's
Wasser gefallen wäre, aber er kümmerte sich nichts
darum, sondern lebte wie der Herrgott in Frank=
reich. Wer Geld hat, der kann's treiben wie er
will, wenigstens bis zu einer gewissen Grenze.

Dennoch hatte der Virginier einen geheimen
Wunsch, der zu seinem freigeisterischen Leben in
einem sonderbaren Gegensatze stand. Er sehnte sich
nämlich nach dem einzigen Glück, das er bis daher
noch nicht gekostet hatte, nach der uneigennützigen
Anhänglichkeit einer getreuen Hausfrau. Zu gleicher
Zeit jedoch trug er als Wildling ein Grauen vor
dem Joch der Ehe und wollte nicht auf immer ge=
bunden sein.

In diesem Widerstreit von Verlangen und Ab=
neigung verfiel er auf einen unerhörten Gedanken.
Er ritt zum Schultheißen hinaus, seinem Vetter,
von dem er wußte und glaubte, daß er mehr als
Brod essen könne, und beichtete ihm sein Anliegen.
Da er einen Treubruch verabscheue, sagte er, und

auch ein Scheidungsprozeß ihm keineswegs anstän=
dig wäre, so wisse er nur Ein Mittel, wodurch er
seinen Zweck erreichen könnte, nämlich wenn ein
weiser Mann ihm Eine bezeichnen würde, von der
sich, neben sonstigen wünschenswerthen Eigenschaf=
ten, herausrechnen ließe, daß sie bloß noch so oder
so lang zu leben hätte; auf diese Weise würde ihm,
ohne daß er etwas Unrechtes zu thun brauchte,
seine Freiheit von selbst wieder zu Theil werden,
und er verspreche seine Erkorene bis zu der gesetz=
ten Frist auf den Händen zu tragen.

Der Schultheiß bedankte sich gar sehr für des
Vetters Vertrauen, sagte, man sehe wohl, daß er
sich unter den Engländern aufgehalten habe, die so
ziemlich Alle einen Sparren zu viel im Kopfe haben
sollen, und bat ihn mit einer so traurigen Braut=
schau zu verschonen. Der Virginier wurde hitzig
und bot dem Adepten Geld, so viel er haben
wolle, dieser aber, sein Leben lang ein Ehrenmann,
ließ ihn rechtschaffen ablaufen und hätte ihn bei=
nahe zum Haus hinausgeworfen, auch war eine
Zeit lang eine große Fremde und Kälte zwischen
ihnen.

Nun fügte es sich, daß der Schultheiß zu einem Kranken gerufen wurde, denn er war schon dazumal, als der Erbe von seines Vaters geheimen Büchern, für einen unvergleichlichen Arzt erkannt. Dieser Gang führte ihn in das Haus der bittersten Armuth, wo ihm aber ein Bild in die Augen fiel, das in solchen Umgebungen zuweilen, wie um die Wunderkraft der Natur zu zeigen, doch aber selten genug vorkommt. Eine Tochter, die im groben Kittel nicht dem schmucksten Frauenzimmer wich, wohlanständig von Manieren, fein von Gestalt und im Antlitz zart und weiß wie Wachs. Sie sah ganz aus wie guter Leute Kind, und war dies auch in der That, denn ihre Eltern hatten früher bessere Zeiten gesehen und waren unverschuldet in's Elend gesunken. Das Mädchen war ihre einzige Stütze, sie verdiente mit zierlichen Näharbeiten und mit Spitzenklöppeln den Unterhalt für die Familie, stand der kränklichen Mutter in der Pflege der kleineren Geschwister bei und wartete obendrein oft halbe Nächte dem kranken Vater ab.

Der Heilmeister nahm Alles wohl in Acht, so ihre Jugendschönheit als ihre häuslichen Tugenden;

noch mehr aber machte ihm ein Zug auf ihrer Stirne zu schaffen, der eine Auslegung von ihm verlangte, wie eine dunkle Stelle in halbleserlicher Schrift. Bei näherer Bekanntschaft nahm er sich Gelegenheit, in ihre Hände zu sehen, denn er verstand sich auf Chiromantie; und da er hier die gleiche Anzeige entzifferte, so fragte er sie um Tag und Stunde ihrer Geburt und entwarf ihr Horoskop in astrologischer Figur genau nach dem Gestirn. Auch hier war das Ergebniß seiner Forschungen das nämliche, und er konnte nicht mehr im Zweifel sein: die Frau, die er seinem wunderlichen Kunden suchen sollte, sie war gefunden.

Anfangs jedoch warf er den Gedanken weit weg und vergaß ihn auch zum Theil wieder über den Bemühungen zur Herstellung des alten Mannes, die ihm nach einiger Zeit vollkommen gelang. Nachdem aber diese Sorge abgethan war, trat das Mitleid mit der Lage der Armen um so mächtiger hervor, und besonders zu Herzen ging ihm der Anblick des guten Kindes, das so selten einen frohen Tag gesehen hatte und nun so wenige mehr erleben sollte. Er mußte sich sagen, daß es in seine Hand gegeben sei, ihren frühen Abend durch die Verbindung mit einem Manne, den er bei manchen lockern Eigenschaften als brav, zuverlässig, wohldenkend kannte, zu verschönern und ihr noch verborgenes, aber unabwendbares Schicksal dereinst durch die Aussicht auf eine sorgenfreie Zukunft der Ihrigen zu erheitern.

Immer wieder drang sich ihm der Gedanke auf; wenn er ihn zur That werden ließ, so war nach allen Seiten nur Gutes gestiftet und nirgends sah er einen Schaden, der daraus erwachsen konnte. Daher, als ihm der Abgewiesene auf der Gasse begegnete und trutzig ausweichen wollte, vertrat er ihm den Weg und sagte, wofern ihm seine Grille noch nicht vergangen sei, so könne er ihm zu der Rechten verhelfen; ihr Horoskop stehe ganz nach Wunsch, wohl fast zu sehr, denn wenn er sie auch nur noch ein Jahr lang behalten wolle, so möge er eilen.

Der Virginier ließ sich das nicht zweimal sagen, er sah das Mädchen, sie gefiel ihm und der Astrolog mußte den Freiwerber machen. Die guten Leute wußten nicht, wie ihnen geschah, sie glaubten im Himmel zu sein, und das Mädchen gab das Jawort ohne Zaudern, schon aus Liebe zu den Ihrigen. Der Bräutigam that, wie sein Freund ihm gesagt hatte: er eilte, und nach wenigen Wochen stand, zur Verwunderung der Stadt, mit dem reich= sten Manne das ärmste Mädchen am Altar. Die Hochzeit wurde mit großem Aufwand gefeiert, denn der Virginier hatte sich das Wort gegeben, seine Angetraute jede Stunde ihres kurzen Lebens vollauf genießen zu lassen. Indessen trübte den Tag eine Anwandlung des Stifters dieser Ehe, der, von heimlicher banger Traurigkeit befallen, ein plötzliches Unwohlsein vorschützte und das Fest verließ.

Der neue Ehemann brachte seine Flitterzeit sehr vergnüglich zu. Den Tag über machte er mit sei= ner jungen Frau Spaziergänge und Spazierfahrten nach Ausflugsorten, wo etwas Gutes und Theures zu haben war, und den Abend und die halbe Nacht saß er, wie sonst, bei seinen lustigen Gesellen, denen er sein jetziges Leben als ein doppelt glückliches pries, da es die Freuden der Ehe und des ledigen Standes vereinige. Allmählich aber kam er seltener zu ihnen; erst fehlte er einen Tag, dann zwei, dann mehrere, und als sie zu spotten und auf das Pantoffelregiment zu sticheln begannen, so blieb er endlich ganz weg.

Das häusliche Glück hatte über die Junggesellenlust den Sieg davongetragen, ohne daß die Veränderung der jungen Frau ein Wort kostete. Sie war überglücklich, ihre alten Eltern und ihre Geschwister im Wohlstand zu sehen, und hatte aus Dankbarkeit eine herzliche Liebe zu ihrem Gatten gefaßt. Nie machte sie ihm einen Vorwurf, wenn er sich nach seiner früheren Weise gehen ließ, aber eben ihre immer gleiche bescheidene Freundlichkeit und Lieblichkeit nahm ihn so gefangen, daß er keinen Augenblick mehr ohne sie sein konnte.

Da ihr das beständige Umherschweifen angreifend war und sie sich in der Stille des Zimmers am wohlsten fühlte, so hörten auch die Ausflüge nach und nach auf, so daß er nun Tag für Tag einsam mit ihr zu Hause saß und doch keinen andern Zustand der Welt gegen den seinigen eingetauscht hätte. Sie verfertigte schöne Stickereien für ihn, bei deren Zeichnung sie ihn zu Rathe zog, und da sie eine zwar zarte, aber wohlklingende

Stimme hatte, so ließ er ihr durch einen gereisten Lehrer Unterricht ertheilen, wodurch sie es bald so weit brachte, daß sie die beliebtesten Lieder singen und dieselben auf dem Spinett, das damals üblich war, begleiten konnte. Ihm aber war es sein Einziges, auf ihre Stimme zu hören, wenn sie sang, oder ihr beim Sticken zuzusehen und Rede mit ihr zu pflegen, während ihre feinen Finger die Fäden zogen. Er wich ihr kaum von der Seite, und konnte nicht mehr begreifen, daß er die Ehe für ein Joch gehalten hatte.

Freilich hatte diese Unzertrennlichkeit noch einen besondern geheimen Grund, denn mitten im Glück war eine namenlose Angst über ihn gekommen, die ihm unaufhörlich in die Erinnerung rief, wie das enden werde, und wie bald! Diese Seelenpein entging den stillen Blicken des jungen Weibes nicht, und da er allem Forschen auswich, so begann sie sich im Verborgenen zu grämen. Sie hatte von Anfang an gezweifelt, ob sie ihm gut und schön genug sei, und glaubte jetzt diesen Zweifel bestätigt zu sehen.

In ihrem ganzen Thun und Lassen erschien eine

gewiſſe Spannung, eine fieberhafte Haſt, womit ſie ſich anſtrengte, es ihm zu Dank zu machen und ſeinen Wünſchen zuvorzukommen. Aber die Wolken verſchwanden nicht von ſeiner Stirne, und dies vermehrte die ängſtliche Befangenheit, die ihr das Leben vergiftete. Ihre Nächte wurden ſchlaflos, ihre Augen trübten ſich, das innere Leiden theilte ſich nach und nach dem Körper mit.

Die erſten Zeichen eines noch unbeſtimmten Uebels ſteigerten ſeine Angſt. Es trieb ihn end= lich von Hauſe fort, er warf ſich auf's Pferd und jagte zu ſeinem Freunde hinaus, um ihn um Hilfe anzuflehen, und dieſe Beſuche wiederholte er ein= mal um das andere. Der Schultheiß, bald trau= rig, bald wild vor Unmuth, wies ihn einmal wie das andere ab und ſagte, Gottes Rathſchluß ſei nicht zu hintertreiben, er ſolle ſich in das Unver= meidliche fügen, er habe es ja vorausgewußt und nicht anders gewollt.

Da alle ſeine Bitten vergeblich blieben, ſo ſuchte er ſich ſelbſt zu helfen. Man ſprach damals viel von einem Lebenselixier, das in hohem Anſehen ſtand und ſchon Manchem gut gethan haben ſollte.

Er kaufte es um schweres Geld und beredete seine Frau es zu nehmen. Aber, sei es nun daß er ihr zu starke Gaben reichte, oder daß es ihr überhaupt unzuträglich war, es bekam ihr nicht, und sie verfiel jetzt erst in eine ernstliche Unpäßlichkeit. Wiederum ritt er zu dem Schultheißen hinaus, und wiederum sagte ihm der, da sei nicht zu rathen noch zu helfen, er solle sie nicht unnöthig quälen.

Er aber nahm Aerzte über Aerzte an, die einander im Receptschreiben überboten, so daß die arme Frau mit Arzneien überschwemmt wurde. Die Doctoren curirten sie aus einer Krankheit in die andere hinein, bis zuletzt ein Zehrfieber dem Rest ihrer Kräfte ein Ende machte. Nun erst erschien der Schultheiß und verschaffte ihr wenigstens Erleichterung, indem er sie von den vielen Arzneien befreite, und ihr ein Mittel gab, das zwar keine Heilung bewirkte, aber doch das Leiden und die Unruhe linderte.

Auch ihr Gemüth fand den Frieden wieder, als sie, den Tod vor Augen, ihren Gatten geradezu zu fragen wagte, was die Ursache jenes seines Trübsinns gewesen sei, und von ihm die Versiche=

rung erhielt, es habe ihn nichts anderes gedrückt als die nur allzufrüh schon nagende Sorge um ihr Leben, ohne die er vollkommen glücklich gewesen wäre. Das frevelhafte Spiel, das er mit seinem und ihrem Glück getrieben hatte, verschwieg er ihr, und so genoß sie beim Abschied von der Welt in voller Reinheit das tröstliche Gefühl, dem Manne, der sie aus dem Elend gehoben, lieb und werth gewesen zu sein und die Ihrigen, die an ihrem Sterbebette weinten, wohlversorgt zu hinterlassen.

Die Prophezeiung des Horoskops war in Erfüllung gegangen: der Virginier hatte sich kaum ein Jahr lang seines häuslichen Glücks erfreut. Sein Verhalten als Wittwer gefiel den Leuten nicht. Er stand so unbewegt am Grabe seiner Frau, als ob ihn der Todesfall gar nichts anginge, und es war die allgemeine Meinung, er sei seiner Freiheit froh, werde sich's nach einigen Anstands=wochen wieder wohl sein lassen und zu seinem alten ledigen Leben zurückkehren.

Aber es kam ganz anders. Er verschloß sich in sein Haus und ließ keinen Menschen zu sich, nicht einmal die Angehörigen seiner verstorbenen

Frau. Mit derselben scheinbaren Gleichgiltigkeit und kalten Pünktlichkeit, womit er die Leichenfeier betrieben, hatte er auch seine künftige Bedienung ein für allemal angeordnet. Sie war einer alten Frau aus der Nachbarschaft übertragen, die während der Krankheit der Verstorbenen zu allerlei Diensten gebraucht worden war. Aber auch diese bekam ihn nie zu Gesicht.

Das Haus war wie ausgestorben, und man hatte sich schon an die neue Wunderlichkeit seines stillen Bewohners gewöhnt, als die Nachbarn eines Morgens durch einen Knall, der aus seinem Zimmer kam, aufmerksam gemacht wurden. Man brach die Thüre ein und fand ihn todt auf dem Canapee. Er hatte sich durch's Herz geschossen. Auf dem Tische daneben stand mit Kreide geschrieben: „Ich muß Ihr nach!"

Sein Tod brachte ein Testament zum Vorschein, das er in den letzten Lebenstagen seiner Frau gerichtlich niedergelegt hatte; sein sämmtliches Vermögen war darin ihrer Familie vermacht. Die Achtbarkeit, zu welcher dieselbe hieburch gelangte, brachte es, doch nicht ohne Mühe, dahin, daß er an der Seite der Vorangegangenen begraben wurde.

Auf diese Weise, so schloß der Buchdrucker seine Erzählung, ist es geschehen, daß ein Mensch durch das Vorherwissen der Zukunft und durch die Erreichung eines auf sie berechneten Wunsches un= glücklich geworden ist.

Und der Geisterbanner hat auch seinen Gei= stern das Lehrgeld zahlen müssen, sagte ein Nach= bar, der unter der Erzählung eingetreten war und durch mehrmaliges Nicken seine Bekanntschaft mit ihrem Inhalt bemerklich gemacht hatte. Dem ist die Geschichte, daß er Gott hat versuchen helfen, sein Leben lang nachgegangen, und hat ihn zum Trinken gebracht.

Er war bis dahin ein nüchterner Mann ge= wesen, versetzte der Buchdrucker. Am Begräb= nißtage des Virginiers brachte er seinen ersten Rausch nach Hause, und seitdem manchen. Er ist zwar alt dabei geworden, denn er war ein Mann wie eine Eiche, und im Ansehen und Zulauf hat es ihm auch nichts geschadet, aber es hat ihn doch in manche Ungelegenheiten gebracht — wenn ich nur das nehme, daß die Geschichte durch ihn bekannt geworden ist. Denn nüchtern hätte er sich natürlich nicht darüber ausgelassen, und es hat auch Mancher deswegen, bei allem Respect, ein Grauen vor ihm gefaßt. Aber wenn er auf seinen Gängen durch die Stadt an des Virginiers Haus vorüberkam, und in späteren Zeiten oft auch ohne das, hat er's eben nicht lassen können, es hat ihn in's Wirthshaus getrieben, um den Wurm abzutödten. Und wenn er dann Feuer unterm Dachgiebel hatte, so konnte er Dinge an die Glocke hängen, die ihn gewiß nachher manchmal gereut haben.

Es hat ihn ja zuletzt das Leben gekostet, sagte der Nachbar. Wenn er bei Nacht heimging, und früher kam er nie zum Fortgehen, und wenn er einen Sturm hatte, und ohne den ging er nicht fort, dann lauerten ihm die Geister auf und rächten sich dafür, daß er sie so viel incommodirte. Wie oft hat er braune und blaue Flecken heimgetragen! Und in seiner letzten Nacht, da erwischten sie ihn um Mitternacht auf dem Kreuzweg bei der Teufelsbrücke, und ließen ihn nicht mehr los, und peinigten ihn, daß er nimmer von der Stelle kam und am Morgen todt gefunden wurde. Bei Tag war er Meister über sie und züchtigte sie für alles was sie angestellt hatten, des Nachts aber waren sie Meister und gabens ihm mit Zinsen wieder heim.

Man glaubt nämlich, bemerkte der Buchdrucker zu unserer Aufklärung, daß die Geister Einem beikommen können, wenn er Nachts unterwegs ist und über Durst getrunken hat.

Und besonders auf Kreuzwegen, setzte der Nachbar feierlich hinzu, indem er den silberbeschlagenen Ulmer Kopf, der ihm unter dem Reden auszugehen drohte, heftig ziehend wieder zum Dampfen brachte.

Das gepaarte

Heirathsgesuch.

Unsere Zeitungen hatten noch sehr kleines
Format, sehr graues Papier und sehr
stumpfe Lettern, unserer bürgerlichen
Welt war der politische Zahn der Zeit
noch nicht einmal durch = geschweige angebrochen,
und der männliche Theil derselben starb noch vor
Schüchternheit gegen den weiblichen, — da stand
einmal eine niedliche Nähterin oder Putzmacherin,
denn noch gab es keine strenge Arbeitstheilung zwischen diesen beiden Industriezweigen, im vormaligen
Bilockengäßchen, das kaum erst seinen Namen abgelegt
hatte, eines Abends am Fenster, und sah nachdenklich auf die Vorübergehenden hinab. Die Glocke
hatte Feierabend verkündigt, die Arbeiter ließen
ihre Geschäfte liegen, und Jung und Alt, Vornehm
und Gering eilte zur Stadt hinaus, um im Freien
den schönen Sommerabend zu genießen oder sich

Kurz.

7

in den Biergärten draußen, die auch im Stande
der Unschuld schon blühten, gütlich zu thun.

Auch Hannchen hatte Feierabend. Auf dem
Tische neben ihr lag ein fein gearbeitetes Hemd,
an dem sie eben den letzten Stich gethan hatte,
und nun athmete sie durch's offene Fenster die er=
quickende Kühlung ein, und dachte an ihre Lage,
deren Einsamkeit ihr immer fühlbarer wurde. Schon
wollte sie traurig werden, als sie ihren Vetter
Gottlob in der Straße erblickte. Ihre Miene be=
lebte sich, sie lächelte schelmisch, als er heraufsah,
und winkte ihm zu ihr zu kommen.

Hannchen war vor einigen Jahren mit ihrer
Mutter aus einer Landstadt in die Residenz gezo=
gen, wo sie ein besseres Fortkommen zu hoffen
hatten. Sie täuschten sich auch nicht; der Fleiß
und die Fertigkeit der geschickten Tochter fanden
allenthalben die beste Aufnahme, die feine Arbeit,
mit der sie in ihrem Städtchen bei Niemand hatte
ankommen können, wurde gesucht, und sie hatte
bald alle Hände voll zu thun. Die Mutter
führte die Haushaltung und genoß das reichliche
Auskommen, das die Tochter freudig mit ihr theilte.

So lebten sie mit einander in der Stille hin und fühlten sich wohl in ihrer Genügsamkeit. Aber ein neuer Stern ging dem guten Mädchen auf, als Gottlob, ihr Vetter und Jugendgespiele, aus dem= selben Städtchen nach Stuttgart kam, um daselbst an seine Ausbildung die letzte Hand anzulegen.

Derselbe war nicht mehr und nicht weniger als ein Schneider, also, was auch das Sprüchwort da= gegen sagen möge, einer, der da Männer macht. Selbstvertrauen besaß er indessen nicht im Ueber= fluß, sonst würde er längst gemerkt haben, daß sein Bäschen gründlich in ihn verliebt sei. Er hatte es jedoch in seinen Entdeckungen bloß so weit gebracht, dieses Gefühl in umgekehrter Richtung an sich selbst wahrzunehmen, daher er in Hannchens Nähe nur zitternd und mit unterwürfiger Demuth zu treten wagte. Ihre Mutter hatte mit Lächeln zugesehen und im Stillen gedacht, es sei besser, wenn sich die Beiden nicht gar zu frühe gegen einander auf= schlößen; ihren Gesinnungen würden sie wohl ge= treu bleiben, und wenn Gottlob bereinst aus der Fremde zurückkomme, so werde sich alles von selber geben.

Aber die gute Frau sollte das nicht erleben. Sie starb vor der Zeit und ließ ihre Tochter allein in dieser Welt zurück. Nicht allein, denn der treuherzige Vetter war ihr ja geblieben, und er sparte keinen Eifer, sich hilfreich und aufmerksam zu erweisen. Die neugierigen Nachbarinnen machten jedoch zweideutige Gesichter zu den Besuchen des schüchternen Beschützers, und das Mädchen merkte bald, daß, so lang er nicht erklärter Maßen der Ihrige sei, es nicht in die Länge so fortgehen könne. Da es ihr auch sonst nicht an Anfechtungen fehlte, sofern verschiedene junge Herren in zweierlei und einerlei Tuch sich das Wort gegeben zu haben schienen, die Putzmacherei zu unterstützen, so hatte sie Ursache genug, ihren Stummen von diesem seinem Fehler geheilt zu wünschen.

Hannchen war schlauer als Gottlob und hatte längst sein Herz ergründet. Sie hielt es deshalb in ihrer Lage für wohlgethan, ihn zu einer Erklärung zu veranlassen. Unverholen zeigte sie ihm ihr hübsches Gesicht in seiner vollsten Freundlichkeit, aber ach, der blöde Vetter wagte sich das nicht zu seinen Gunsten zu deuten, er glaubte eben auch sein Scherflein von ihrer Gutherzigkeit gegen die ganze Welt einzunehmen.

Nun ging sie einen Schritt weiter: sie klagte um ihre Mutter, schilderte ihm ihre Verlassenheit, die Gefahren, denen sie ausgesetzt sei, und schloß damit, daß sie unmöglich länger allein in dieser großen Stadt bleiben, sondern entweder irgendwo einen Dienst suchen oder aber sich verheirathen müsse. Dann bat sie ihn um seinen Rath und fragte namentlich mit blutrothem Gesichte, was er von dem letzteren Entschlusse halte. Der gute Gott= lob überlegte nicht, daß ein Mädchen nicht nur so geradezu vom Heirathen sprechen kann, wie die Männer, sondern er nahm es für ausgemacht an, daß er sie nun bald in den Armen eines Andern werde sehen müssen, und sagte mit niedergeschlage= ner Miene: Ja, Hannchen, ich denke, das wird das Beste sein.

Wenn sie ihn aber fragte: Was meinst du, Gottlob, wen soll ich heirathen? so seufzte er und erwiderte, das sei schwer zu sagen und man sollte nie bei so etwas rathen, denn wenn's nachher schief gehe, so habe es immer der Rathgeber zu verant=

worten. Nannte sie ihm dann Diesen oder Jenen,
auf den sie etwa ein Auge werfen könnte, so ant=
wortete er mit fast brechender Stimme: Ja, Hann=
chen, ich meine, der würde recht für dich sein, —
und ging, um die Thränen, die ihm in die Augen
traten, zu verbergen.

Wie oft hatte Hannchen über seine hartnäckige
Blödigkeit geseufzt und gescholten! Oft glaubte sie
einen Augenblick, er verstelle sich absichtlich und
freue sich im Stillen seines Triumphs; aber sobald
sie sein gutmüthiges, schüchternes Gesicht erblickte, gab
sie alle solche Gedanken sogleich wieder auf. Desto
weniger aber ihren Plan. Es war in den letzten
Tagen manches vorgefallen, was sie bestimmte, die
Ausführung desselben zu beschleunigen, und sie
hatte auf heute, was man zu sagen pflegt, einen
Hauptschlag vorbereitet. Das Mittel, das sie ausge=
sonnen, war freilich etwas verzweifelt, aber es schien
seinen Mann kaum verfehlen zu können, und da
hoffentlich ein bloßer Versuch genügte, den Zweck
zu erreichen, so sah sie keine Gefahr dabei.

Fast sollte ich mich schämen, sagte sie zu sich,
während sie den Vetter die Treppe herauf kommen

hörte. Meine arme Mutter würde tüchtig mit mir zanken. Aber was soll ich machen? der Gottlob thut den Mund nicht auf und wagt nichts, als daß er mich immer mit herzbrechenden Blicken ansieht. Was ist's auch weiter? ich mache ihn ja unglücklich, wenn ich ihm nicht auf die Spur helfe; denn er hat mich doch gar zu lieb. Und ich? —

Sie unterbrach sich in ihrem Selbstgespräch und rief: Herein!

Guten Abend, Hannchen! sagte Gottlob, indem er eintrat.

Guten Abend, Gottlob! wie geht's?

O, so ziemlich.

Hast du schon Feierabend?

Ja, Hannchen.

Nun trat eine Pause ein, in welcher Gottlob sich an's Fenster stellte und von Zeit zu Zeit einen verstohlenen Blick auf Hannchen warf.

Sieh, Gottlob, sagte Hannchen, da habe ich eben etwas für die Regierungsräthin fertig gemacht.

Er betrachtete das Hemd sorgfältig und schien es nicht ungern in den Händen zu halten. Feine Arbeit, sagte er endlich: man sieht keinen Stich.

Langsam legte er es wieder weg. Hannchen nahm einen Stuhl und setzte sich neben ihn.

Da hab' ich nun den ganzen Tag gearbeitet, sagte sie. Du weißt, die Regierungsräthin ist streng, wenn man ihr etwas versprochen hat, und ich muß morgen noch einmal den ganzen Tag dran setzen, um das Dutzend fertig zu bringen.

Dann trägt es aber auch was ein, sagte Gott=lob freundlich.

Ein schön Stück Geld, erwiderte Hannchen seufzend.

Gottlob sah sie fragend an.

Ja, fuhr sie fort, ich sehe zwar wohl, daß ich mich durchbringen kann, aber damit ist's nicht ge=than. Ich habe dir schon oft gesagt, daß es nicht länger so geht. Meine Mutter ist todt, und es will sich nicht schicken, daß ich so allein lebe. Du weißt ja, ich will die alte Litanei nicht wiederho=len. Aber jetzt ist mein Entschluß gefaßt, und du, Gottlob, mußt mir dabei behilflich sein.

Ja, Hannchen. Was soll ich thun?

Du mußt aber nicht lachen und auch nicht bös werden.

Nein, Hannchen, aber was willst du benn?

Heirathen.

Das hast du freilich schon oft gesagt.

Ja, aber wie greifen wir's an?

Du mußt doch zuerst wissen, wen du heirathen willst, sagte Gottlob mit beklemmter Stimme.

Das weiß ich selbst nicht, sagte Hannchen.

Dann ist guter Rath theuer.

Wenn du mich nicht auslachst, Gottlob, so will ich dir's sagen.

Nun?

Sie wandte sich verschämt auf die Seite und sagte: Man muß es in die Zeitung setzen.

Gottlob starrte sie an. Er mochte bis jetzt geglaubt haben, daß die Zeitungen, wie andere nützliche oder schädliche Pflanzen, von selbst wachsen. Hannchen aber belehrte ihn aus einer Nummer des Schwäbischen Merkur, die sie ihm vor die Augen hielt, daß diese Blätter, eigener Aussage zufolge, erst verfaßt, gedruckt und verlegt werden müssen, um als fertige Producte in's Publicum hervorzugehen, und durch eine genaue Zergliederung der mit zarter Schrift gegebenen Anzeigen machte sie ihm begreiflich, wie dieses Publicum selbst daran mitarbeite, so jedoch, daß Niemand erwarten dürfe, seine Willensmeinung gedruckt zu lesen, wenn er sie nicht vorher habe einrücken lassen.

Hierauf las sie ihm einen Heirathsantrag vor, der in dem Blatte stand. Es ist die neuste Mode, sagte sie, auf diesem Wege kann man sich viel gegenseitige Verlegenheit ersparen. Du kannst mit dem Schreiben besser umgehen als ich, — fuhr sie fort, nachdem sie ihm die Form einer solchen Anzeige einzuprägen gesucht, — und zudem hätte ich nicht das Herz, einen Heirathsantrag mit eigener Hand ab= zufassen und an den Merkur zu schicken. Deßhalb bitte ich dich inständig, lieber Gottlob, thu du's für mich, denn du weißt ja jetzt, wie man's machen muß.

Hannchen hatte darauf gerechnet, diese ausge= suchte Tortur müsse ihm endlich die Lippen gewalt= sam öffnen. Hatte er doch vor jedem Andern das erste Recht auf sie, und wie hätte sie glauben kön= nen, daß er sie einem Fremden überlassen würde! Höchstens war zu vermuthen, daß er sagen werde: Wenn dir's eins ist, wen du zum Mann bekommst, so kannst du im Nothfall auch mit m i r vorlieb nehmen. Aber ob nun Demuth oder Bitterkeit diese Worte eingab, die Demuth ließ sich aufrichten, die Bitterkeit war zu versüßen.

Allein wie sehr hatte sie sich getäuscht! Der arg= lose Jüngling glaubte ihr Alles auf's Wort. Er schwieg und hielt die Augen auf den Boden gehef= tet. Ihr Herz klopfte laut, sie sah ihn immer ängstlicher an. Ja, Hannchen, ich will's besorgen! sagte er endlich. Mit diesen Worten rannte er zur Thüre hinaus, eh sie noch den Mund aufthun konnte, und mit einem Satz war er die Treppe hinab.

Wer könnte Hannchens Schrecken beschreiben? Sie war rathlos, als sie ihren Vetter die Treppe hinunterstürzen hörte. Vater im Himmel, rief sie, was soll ich anfangen? Ich darf ihn wahrhaftig nicht fortlassen! Sie sprang zur Thüre und rief ihm nach, er gab keine Antwort; sie eilte zurück und riß das Fenster auf, er war nirgends mehr zu erblicken. Halb von Sinnen warf sie sich in einen Stuhl. Er ist fort, rief sie. Da hab' ich mir einen schönen Zwirn eingefädelt. Aber es geschieht mir recht! warum hab' ich den armen Schelm so geplagt! Es wäre gescheider gewesen, wenn ich ganz aufrichtig und ehrlich mit ihm gesprochen hätte. Winkelzüge führen zu nichts Gutem. Jetzt hab' ich nichts als das gute Herz betrübt, und obendrein komm' ich in den Merkur! Nein, dieses Unglück, es darf nicht sein, eher spring' ich in den Feuersee!

Sie schickte eine Wasserträgerin, die sie in ihrem Dienste hatte, um Gottlob in seiner Wohnung aufzusuchen und zu ihr zu bringen, aber diese kam mit der Nachricht zurück, daß er nicht zu finden gewesen sei. Hannchen kam auf den Gedanken, selbst zum Merkur hinzulaufen, um ihn zu bitten, daß er die Anzeige nicht aufnehmen möchte, aber ihre Scheu vor den Gewalten der Oeffentlichkeit, mit welchen sie doch so verwegen gespielt hatte, war zu groß für diesen Schritt. Verzweiflung trieb sie in ihrem Stübchen umher, aus welchem sie sich nicht mehr herausgetraute, und spät erst fand sie einige Beruhigung in dem Gedanken, daß der Vetter doch keinenfalls seinen unseligen Diensteifer so weit treiben werde, ihren Namen in die Anzeige zu setzen.

Gottlob war in seinem Schmerz durch mehrere Straßen gerannt; noch nie hatte er sich in einer solchen Aufregung befunden. Das Leid, das ihm so lang gedroht hatte, jetzt stürmte es mit vollen Schlägen auf ihn ein. Und doch beugte er sich geduldig unter seine Last, die Aufregung ging vorüber und machte einem stillen Grame Platz. An mich denkt sie nicht, sagte er, ich bin ihr noch zu jung. Aber ich will ihren Willen thun, alles, alles!

Er hatte eine Brieftasche bei sich, die zur Aufbewahrung der Kleidermaße diente, und mit Bleistift und Papier versehen war. Seufzend riß er ein Blatt heraus und schrieb die Anzeige an der nächsten Straßenecke. Nun werden sie kommen, murmelte er, in Schaaren werden sie kommen und sich melden. Ich sollte ihr's nur zum Trotze thun und auch anklopfen, aber mich will sie nicht, mir hätte sie es ja mündlich sagen können. Uebrigens, fuhr er fort und legte den Finger nachdenklich an die Nase, das hätte sich eigentlich doch nicht geschickt. Und vielleicht ist's ihr auch so gewesen, sie war so verschämt. Wie, wenn sie —? Antragen konnte sie sich doch nicht wohl, auch wenn sie einen Gusto an mir hätte. Das wäre im Gegentheil meine Sache, weil es doch so passender ist. Ach, ich bin recht einfältig gewesen! Ich will gleich zu ihr zurück und sie fragen! — Nein, Gottlob, nein! wenn sie dich nun auslachte, wie würdest du vor ihr stehen? — Auslachen? das würde sie mich nicht, gewiß nicht, aber abweisen? Nein, ich kann ihr's nicht selber sagen.

Er bedachte sich lang. Da kam ihm auf einmal ein großer Gedanke und triumphirend rief er aus: Dummkopf, du hast ja den Vorsprung vor allen Andern, du kannst dich ja gleich beim Merkur um sie melden! — Gesagt, gethan! er zog das Blättchen noch einmal heraus, fügte eine Nachschrift hinzu und eilte davon.

Das Haus des Schwäbischen Merkurs hatte er bald erfragt. Unter der Hausthüre begegnete ihm ein junger Herr, der vom Zeitungsgeschäfte kam und sich ebenfalls des Feierabends erfreuen wollte.

Gottlob trat ihn an. Um Vergebung, sagte er respectvoll, sind Sie vielleicht der Schwäbische Merkur?

Ein Stück von ihm, erwiderte der Herr, wel=
cher am vorigen Abend den Hamlet gesehen hatte.

Gottlob zog sein Blättchen hervor, wußte aber
nicht, was er sagen sollte. So stand er eine Zeit
lang vor dem Herrn und blickte bald auf ihn, bald
auf das Papier, bis der Herr endlich fragte: Ist
das ein Artikel?

Ja, sagte Gottlob, drückte ihm das Papier in
die Hand und wollte davon eilen.

Halt! rief Jener. Anonyme Artikel werden nicht
aufgenommen.

Er entfaltete das Blatt, während der Verfasser
wie ein armer Sünder vor ihm stand. Das ist
ja bloß eine Annonce, sagte er, die ist bei der Ex=
pedition abzugeben.

Damit deutete er mit dem Daumen über die
Schulter und wollte das Papier zurückgeben. Schon
aber hatte er etwas von dem Inhalt in's Auge
gefaßt, und begann neugierig zu lesen, wobei er
anhaltend lächelte und sich ein paarmal stark räu=
sperte.

Ein kleiner Liebesroman? sagte er endlich, nach=
dem er gelesen hatte. Dieses zweistimmige Annie=

gen könnte mündlich billiger abgemacht werden. Wie?

Es geht nicht an, Herr, antwortete Gottlob verlegen.

Warum denn nicht?

Gottlob schwieg.

Nun, sagte der Herr sichtlich ergözt, was mich nicht brennt, das will ich auch nicht blasen. Die Herzensangelegenheit wird Eile haben? sezte er hinzu. Ich will sie an das Comptoir besorgen, das jezt wohl schon geschlossen ist.

Gottlob stammelte einige Worte, verbeugte sich und wollte abermals die Flucht ergreifen.

Halt, guter Freund! noch einmal Halt! rief der Herr. Das geht nicht so geschwind. Sie müs= sen mir vorher noch Ihre Adresse aufschreiben.

Er reichte ihm das Blatt wieder hin.

Wozu denn? fragte Gottlob.

Ei, sagte der Herr lachend, man muß doch wis= sen, wo die Einrückungsgebür abzuholen ist.

Gottlob sah ihn mit offenem Munde an. Er hatte nicht gedacht, daß man die Zeitungen

für Beiträge, die man ihnen bringt, auch noch be=
zahlen müsse.

Kann ich es nicht gleich entrichten? fragte er
nach einigem Zögern. Was ist meine Schuldig=
keit?

Der junge Herr lachte laut. Das gehört nicht
in mein Departement, sagte er. Wenn Sie die
Rechnung gleich haben wollen, so tragen Sie das
Blatt morgen in die Expedition.

Nein, nein! rief Gottlob ängstlich. Er wollte
nicht zweimal Spießruthen laufen. Schnell zog
er den Bleistift heraus, um die Adresse zu schrei=
ben. Aber da fiel es ihm siedheiß ein, daß die
Rechnung, bei ihm abgegeben, Meister und Ge=
sellen zu Mitwissern des Geheimnisses machen würde.
Vor diesen wollte er sich nicht mit seinem zunft=
fremden Meisterstücke sehen lassen. Was thun?
Nirgends ein näherer Bekannter, ein Vertrauter,
den er vorschieben konnte! Und der Herr schien
über sein Zögern ungeduldig oder gar mißtrauisch
zu werden. In dieser brennenden Noth schwebten
ihm einzig und allein die vier Wände vor, die er
so eben verlassen, aber nicht als der Ort, wo sein

Kurz.   8

Liebstes lebte und webte, sondern als ein Mieth=
stübchen, das, mochte er oder ein Anderer der Glück=
liche sein, in Kurzem leer und fremd werden mußte,
und so schrieb er Hannchens Wohnung auf, wie
wenn das Geschäft, das er durch diese Bezeichnung
dorthin verlegte, bereits ein Theil des bevorstehen=
den Auszugs wäre.

Der Herr steckte das Blättchen zu sich und be=
wegte sich die Straße entlang, um seiner Abend=
gesellschaft von der spaßhaften Begebenheit vier=
undzwanzig Stunden früher zu erzählen, als der
minder glückliche situirte Theil des Publicums sie
durch den Druck erfahren sollte. Gottlob aber
wurde, während Jener sich entfernte, von allen Fu=
rien der Hölle angefallen. Er hatte in einer Art
von Taumel gehandelt, aus dem er plötzlich er=
wachte. Die unerhörte Keckheit, mit Ueberschreitung
seines Auftrags als Selbstfreier aufzutreten, und
die noch unerhörtere Schandthat, sein ehrfurchts=
voll geliebtes Hannchen an den Merkur zu verra=
then — erst jetzt wurde es ihm klar, was er ge=
than hatte! Er wollte nacheilen, um des Papiers
wieder habhaft zu werden, aber der Muth hatte

ihn gänzlich verlassen, seine Beine trugen ihn nicht, und als er sich endlich aufraffte, war es zu spät. Die Angst trieb ihn vor die Stadt hinaus, und er schweifte in Feld und Wald umher, vor seiner Anzeige wie vor einem Steckbriefe fliehend.

Hannchen verbrachte den folgenden Tag nicht sehr gleichmüthig. Sie sandte ihre Wasserträgerin einmal um das andere nach dem Hause von Gottlobs Meister, um den Vetter heimlich zu beschicken. Vergebens, er war nicht zu sehen. Da Jene endlich geradezu nach ihm fragte, gab ihr der Meister den Bescheid, er sei heute zum erstenmal ausgeblieben und scheine sich auf eigene Füße stellen zu wollen.

Der Tag wurde dem armen Mädchen schrecklich lang, das Nähen wollte nicht von Statten gehen, und als sie am Morgen nach der zweiten schlaflosen Nacht der Regierungsräthin die bestellte Arbeit brachte, sagte ihr diese, so sehr sie die übrigen Hemden loben müsse, so sehr mißfalle ihr das zwölfte, das ihr wegen des krummen Schnitts und der groben Stiche fast unbrauchbar scheine.

Das gute Hannchen kann ihre Gedanken auch

nicht immer bei der Nadel haben, unterbrach sie der Rath, ihr Gemahl, der eben zum Frühstück die Zeitung las.

Auf einmal lachte er laut auf, las und lachte und las wieder und wußte sich kaum zu fassen. Höre nur, Frau, rief er, was der Merkur bringt! Zwei Heirathsgesuche, die einander gefunden haben!

Hannchen horchte hoch auf.

Da höre nur einmal, fuhr er fort, und las wie folgt:

„Ein schönes, junges Frauenzimmer, das von Herkunft sehr wohl erzogen ist und eine äußerst feine Nadel führt, wünscht sich aus verschiedenen Gründen zu verheirathen. Sie sieht vor allem auf ein gutes Herz und daß der Mann etwas in seinem Fach versteht. Gefälligen Anfragen wird auf diesem Wege entgegengesehen."

Und nun gleich darunter:

„Wofern obbelobtes Frauenzimmer Liebhaber wäre zu einem gewissen Menschen, den sie hieraus errathen kann, so wird sie gebeten, ein weißes Taschentuch unter ihr Fenster zu hängen."

Die Räthin lachte hell auf. Wenn das Ernst

ist, sagte sie, so weiß ich nicht was ich mehr bewundern soll, die Vorsicht in der weiblichen Anzeige oder die Courage in der männlichen, und auf was man begieriger sein muß, auf die Anträge die im Merkur, oder auf die Liebesflaggen, die unter den Fenstern erscheinen werden.

Was meinen Sie, Hannchen, rief der Rath, hätten Sie nicht auch Lust, sich auf diese Art an den Mann zu bringen?

Hannchen war froh über diese Frage; sie hatte nun doch einen Grund für die Purpurröthe, die ihre Wangen überzog. Dringende Geschäfte vorschützend, entzog sie sich schnell ihren Gönnern, die ihr noch ein Frühstück vorsetzen wollten, und eilte, mehr hüpfend als gehend, nach Hause, wo sie sich der ausgelassensten Lustigkeit überließ.

Das heiß' ich mir einen Freier! rief sie aus. Nun hat er doch endlich Muth bekommen, sich anzutragen. Jetzt bin ich erst froh, daß ich auf dieses Mittel gerieth! Aber das Zeichen kann ich ihm nicht geben: heut' wird sich jedes Mädchen wohl hüten, ein Taschentuch zum Fenster heraushängen zu lassen. Nun geht er am Ende vorbei, und meint es sei nichts, wenn er die Fahne nicht sieht. Ich muß den ganzen Tag am Fenster bleiben und auf ihn warten.

Gottlob hatte die erste der beiden Schmerzensnächte im Wirthshause eines benachbarten Dorfes, wo eine Hochzeit mit Tanz gehalten wurde, halbschlafend in einer Ecke zugebracht. Diese ungewohnte Lebensweise war gar nicht geeignet, ihn aus seiner Muthlosigkeit zu einer zuversichtlicheren Lebensanschauung zu erheben. Doch sah er, als er sich am andern Morgen die Haare zurechtstrich, seine Lage von einer neuen Seite an, die ihm bis jetzt zwar nicht ganz unbewußt geblieben, aber doch auch nicht klar genug vor die Seele getreten war. Wenn er nämlich fortfuhr in der Welt umherzuschwärmen, so kam es nicht bloß dahin, daß die verwünschte Rechnung für die Annonce bei Hannchen abgegeben wurde — das war ohnehin nicht zu vermeiden, da er sich um keinen Preis mehr zum Merkur zurück getraute — sondern sie mußte dieselbe auch bezahlen.

Dieser Gedanke rührte sein bürgerliches Ehrgefühl in allen Tiefen auf. Wenig fehlte, so zählte er sich jenen Charakteren bei, die sich im Biergarten von der Geliebten frei halten ließen. Er brach auf und rannte spornstreichs nach Stuttgart zurück, um diesem Schlage zuvorzukommen. Welch ein Glück für Hannchen und ihn! Sein guter Genius hatte, nicht in der glorreichsten Form zwar, dafür gesorgt, daß er ihr nicht ganz verloren gehen konnte.

Doch flatterte er noch an einem langen Faden. Er mäßigte unterwegs seinen Schritt und erwog, daß die Gebür doch wohl nicht eher eingezogen werden würde, als bis, wie ihm der junge Herr auseinandergesetzt hatte, die gedruckten Zeilen berechnet werden könnten. Es handelte sich also vor allem darum, zu erforschen, ob die Anzeige in der Zeitung stand. Er athmete auf, als ob er eine Galgenfrist gewonnen hätte, und obendrein beschlich ihn die Hoffnung, der Herr, dem die Sache so schnurrig vorgekommen war, werde ihr keine weitere Folge gegeben und das Papier in der Tasche behalten haben.

Statt unter die Augen zu treten, vor welchen er zitterte, verfügte er sich in ein Weinhaus. Dies war, wie zu seiner Ehre gesagt werden muß, sonst nicht seine Gewohnheit, aber er wußte kein anderes Mittel, dem Merkur beizukommen. Schüchtern, wie einer der nichts Gutes vorhat, trat er in die volle Stube und setzte sich an ein Nebentischchen, von den strengen Blicken der Trinker gemustert, die, auf dem noch gediegen goldenen Boden des zünftigen Handwerks der „Frühmesse" obliegend, seine Berechtigung zum Hiersein in stille Frage zogen. Eine Begegnung mit seinem Meister hatte er nicht zu fürchten, denn derselbe zechte erst Abends, noch weniger mit den Gesellen, denn diesen lag die Anmaßung ferne, sich in die Gesellschaft von Zunfthäuptern einzudrängen, aber eben aus diesem letzteren Grunde war es ihm für sich selbst gar nicht wohl zu Muthe. Er konnte an dem dichtbesetzten Tische den Merkur nicht erspähen, wagte nicht darnach zu fragen und wünschte sich weit hinweg. Unterdessen drangen Bemerkungen an sein Ohr, sehr hörbar gemurmelte, über die bei der Jugend einreißende Verderbniß, über Leute, die, noch nicht hinter den Ohren trocken, schon am frühen Morgen in's Wirthshaus gehen, und dergleichen mehr. Da erhob er sich schnell und ging um ein Haus weiter.

Seinen zweiten Versuch unternahm er mit mehr Umsicht. Er sah erst, wie im Vorübergehen, durch die Fenster eines zur ebenen Erde gelegenen Wirths=zimmers, und als er einen einzigen Gast darin ge=wahrte, so kehrte er um und wagte einzutreten. Ein dicker Mann saß am Tische; er hatte den Mer=kur vor sich liegen, aber ohne darin zu lesen. Gott=lob setzte sich weit unten an den Tisch und wartete geduldig eine lange Zeit. Da jedoch der Andere keine Miene machte, sich des Blattes zu bemächti=gen, so stand er auf, trat nach und nach näher, und streckte zögernd die Hand aus, mit einer wohl=gesetzten Bitte um Entschuldigung, die da zeigte, wie viel er auf gute Erziehung hielt. Jener aber schlug mit der breiten, fleischigen Hand. auf das Blatt, daß es klatschte, und sah ihn knurrend an. Gottlob zog sich erschrocken zurück, und setzte sich wieder auf seinen Platz, um abermals zu warten. Allein vergebens hoffte er, daß die Reihe des Lesens an ihn kommen werde; der Gewaltige hielt die Hand beständig auf den Merkur gedeckt und gab das Blatt nicht eher frei, als bis er den Aspiran=ten hoffnungslos abziehen sah.

Gottlob betrat eine dritte Wirthschaft, nachdem er sich überzeugt hatte, daß gar Niemand in der Stube war. Es dauerte lang bis die Wirthin kam. Der Wein war schlecht; er segnete ihn, als eine Vogelscheuche, die das Feld rein erhielt. Indessen, wie scharf er auch umherblicken mochte, die ersehnte Zeitung war nicht vorhanden. Sollte er sich er=
kundigen? sollte er's mit einem weitern Wirths=
hause wagen, mit dem vierten in einem Vormittag? Er schwankte noch, da ging die Thüre auf, ein Kind sprang herein und legte den Merkur auf den Tisch. Er brauchte nur darnach zu greifen, und war bei=
nahe bestürzt über sein Glück. Lässig, als gälte es bloß einen müßigen Augenblick auszufüllen, zog er das Blatt an sich, und während die Wirthin ihm auf eine gleichgiltige Bemerkung umständlich mit den Namen sämmtlicher Mitleser aus der Nach=
barschaft diente, begann er sich mit klopfendem Herzen über den Inhalt herzumachen.

Mit großer Ausdauer, als ob er die Geschicke der Welt zu überwachen hätte, verweilte er bei den politischen Artikeln, und nur verstohlen, aber um so aufmerksamer, ließ er die Augen über die An=

zeigen hingleiten. Die Vorsicht war überflüssig, denn keine Beobachtung kümmerte sich um sein Thun, und wäre er mit den Einrichtungen des Zeitungswesens bekannt gewesen, so würde er sich die fruchtlose Mühe an diesem Tage erspart haben, denn als er seine beiden Anzeigen abgegeben, war die heutige Nummer schon fertig gewesen. Er fand daher seinen Beitrag nicht, obgleich er das Blatt scheinbar spielend wohl ein Dutzendmal hin und her wendete.

In seiner Herzensklemme zum Trunkenbold und Vagabunden zu werden bedroht, machte er sich mit schwerem Kopfe von dannen, und zerbrach sich denselben, was er jetzt thun solle. Es war ihm unmöglich, in dieser ungewissen Lage sein altes Geleise wieder aufzusuchen, und da er keinen andern Ausweg fand, so kehrte er zu dem gestrigen Lebenswandel zurück, um abzuwarten, bis wenigstens eine zweite Sonne über dem Merkur aufgegangen wäre. Die Nacht fand ihn in der alten Ecke der Dorfherberge, die glücklicherweise von der Nachhochzeit belebt war, und den andern Vormittag saß er abermals hinter dem geschwefelten Weine, der ihm den unbestrittenen Besitz der Zeitung sicherte. Sie lag

schon auf dem Tische, die Wirthin aber that zu=
vorkommend ein Uebriges und schob ihm das Blatt
vollends hin.

Er wurde feuerroth und ließ es eine Weile
liegen, wagte aber doch das Schicksal nicht allzu
lang auf die Probe zu stellen, sondern vertiefte sich
allmählich in die spanischen Angelegenheiten, wo=
rauf es nicht lang anstand, bis ihm bei heimlichem
Dazwischenblättern seine beiden Anzeigen in die
Augen stachen. Die abgenutzten Lettern auf dem
grauen Papiere sahen ihn durchbohrend an. Er
hatte Mühe, seine Fassung zu behaupten, und hielt,
wie im Eifer des Lesens, den Merkur vor das Ge=
sicht, damit die Wirthin in diesem nichts zu lesen
bekäme. Sie aber, von der vermeinten Anhäng=
lichkeit des beharrlichen Gastes gerührt, knüpfte ein
Gespräch mit ihm an und suchte ihm bestens die
Zeit zu vertreiben, so daß er froh war, als er sich
endlich aus den Maschen ihrer Unterhaltung her=
ausgezogen hatte.

Jetzt galt es vor Allem, die Rechnung in's
Reine zu bringen. An das Andere dachte er nur
nebenher und mit Zittern. Er wollte unter dem

Vorwand, daß Hannchen Geld für ihn ausgelegt habe, ihrer Hauswirthin den etwa zutreffenden Betrag übergeben und unter dem weiteren Vorwande, daß er sehr pressirt sei, auf flüchtigen Socken wieder hinwegeilen. Als er an ihr Gäßchen kam, konnte er sich nicht enthalten, von ferne einen Blick nach ihrem Fenster zu werfen. Ach, da hing kein weißes Taschentuch. Zwar konnte er nicht wissen, ob ihr der Merkur schon zu Gesicht gekommen, aber seine Angst ließ ihn das Schlimmste fürchten.

Leise drückte er sich auf der Seite, wo Hannchen wohnte, an den Häusern hin, um nicht von ihr gesehen zu werden, und wollte eben in die Hausthüre schlüpfen, da fiel ihm etwas Weiches auf den Kopf und legte sich wie ein Schleier über sein Gesicht. Er schlug die Augen auf: sie stand am Fenster und lächelte pfiffig bedeutungsvoll. Er blieb verdutzt stehen, sie gab ihm einen Wink und er sprang mit dem Tuch die Treppe hinauf, nicht ohne unterwegs einige Male stehen zu bleiben und dann wieder pfeilschnell vorwärts zu eilen.

Hannchen wollte sich vor Lachen ausschütten, als er zur Thüre eintrat. Auf einmal aber erschrack sie. Wie siehst du aus? rief sie, du bist ja ganz verwahrlost. Was ist dir denn geschehen?

Er antwortete betreten, er habe eine dringende Reise machen müssen.

Seine Verlegenheit ließ sie errathen, was er verschwieg, und gab ihr schnell ihre fröhliche Laune zurück. Du hast mir einen schönen Streich gespielt! rief sie.

Hast du's denn gelesen? fragte er furchtsam.

Freilich, rief sie: wer ist denn mit der zweiten Anzeige gemeint?

Gottlob schwieg; er wagte nicht sie anzusehen.

Vetter Gottlob, Vetter Gottlob, du gehst auf Schleichwegen, das erwirbt dir kein groß Vertrauen bei mir. Aber ich bitte dich, hättest du mir's denn nicht selber sagen können?

Ich hatte nicht das Herz, sagte er leise, die Augen noch immer niedergeschlagen. Ich glaubte nicht —

Du blinder Maulwurf, unterbrach sie ihn, du glaubtest nicht, du sahest nicht, du hörtest nicht, du merktest nicht! Sag' mir nur, hat dir denn nie etwas geschwant?

Mir? fragte Gottlob und sah sie 'erstaunt an. Die freudigste Hoffnung leuchtete ihm aus den Augen.

Freilich! muß man's dem verstockten Menschen noch sagen, daß man ihn von Anbeginn hat leiden können, daß man —

Hannchen! rief er und flog ihr an den Hals.

Daß all das Gerede die Zeit her nur darauf angelegt war, ihm das Maul aufzubrechen, daß ich ihn vorgestern mit aller Gewalt zum Reden brin= gen wollte und nur darum den Schnaken mit dem Merkur ersann! Und er geht hin und spielt mir den feinen Possen, und dann meint er noch, ich werde die weiße Fahne aufpflanzen, damit alle Leute, die die Zeitung gelesen haben, mit Fingern auf mich deuten!

O Hannchen, rief er, vergib mir! sieh, ich hatte immer einen Respect vor dir, daß ich dir's nicht beschreiben kann.

Das ist mir im Grunde lieb, lachte das fröh= liche Mädchen: behalt nur immer beinen Respect und sei hübsch artig und folgsam gegen mich. Aber wenn du mir in Zukunft etwas zu sagen hast, so setz' es nur nicht in die Zeitung, ich bitte dich schön; du kannst mir alles in's Gesicht sagen, denn du bist jetzt mein Schatz und mein Beschützer.

Während er nun seinem Bräutchen, fast verschämter und schüchterner als sie selbst, den ersten Kuß auf ihre Lippen drückte, wurde an die Thüre geklopft; erschrocken ließ er sie aus den Armen und wandte sich um. Ein Knabe trat herein, einen Zettel in der Hand.

Was ist's? fragte Gottlob und trat ihm entgegen.

Ich soll hier eine Rechnung abgeben, erwiderte der Junge und reichte ihm das Papier.

Was bedeutet das? sagte Hannchen und sah über seine Schultern.

Es ist ein prompter Mann, der Merkur, versetzte der Bräutigam lachend, indem er die Rechnung berichtigte. Er hatte jetzt bedeutend an Muth gewonnen. Dein Kaufpreis ist's, fügte er hinzu,

als der Knabe gegangen war. So, das wär' im
Reinen. Nun aber auf und in unsere Heimath zurück, wo keine Seele erfahren soll, daß der neue
Schneidermeister und seine Frau Meisterin mit einander durch den Merkur gesprungen sind.

Jn einem Wirthshause der schwäbischen
Hauptstadt saß eines Abends im Spät=
jahr 1837 die gewohnte Gesellschaft, die
sich seit einigen Monaten hier behaglich
zusammengefunden hatte, Beamte, Künstler, Gelehrte,
Schriftsteller, Handwerker, bunt gemischt, ohne An=
spruch auf irgend einen andern Rang als den, wel=
chen die gesellschaftliche Steuerpflichtigkeit und Steuer=
fähigkeit begründet, bei einander.

Bald war die Unterhaltung zu einem Thema
gelangt, das schon mehrere Abende ergötzlich fort=
geklungen hatte. Ein angesehener Maler, origi=
neller Hagestolz, aus dem obern Theil des Landes
gebürtig, der als Knabe noch die guten Zeiten des
alten Reichs und der vorderösterreichischen Herrschaft
mit ihrer Zopfromantik genossen, wurde durch aller=

lei Sticheleien und Anzüglichkeiten gereizt, den Satz, den er schon mehrmals mit wechselndem Glück vertheidigt hatte, wieder aufzunehmen, und war in kurzer Zeit so im Feuer, daß er ganz unumwunden die Behauptung durchführte, das Land habe durch die Acquisition jener Provinzen erst seinen eigentlichen Nerv erlangt, da es vorher innerlich ohne Mark, nach außen ohne Kraft, ja eine wahre Bettlerhaushaltung gewesen.

Dies war das Stichwort zu den lustigsten Wortgefechten, denn da man wohl wußte, daß der jugendlich-lebhafte Mann es mit seinen Scheltworten nicht so bös meinte, war man stillschweigend übereingekommen, die Zustände bloß obenhin zu berühren, Halbwahrheiten gegenseitig für baare Münze anzunehmen und sich mit den verzweifeltsten Controversen zu hetzen. Jeder der dem Staat erst durch die neue Ordnung der Dinge angehörte, schlug sich auf die Seite des Malers, und so entstanden zwei Parteien, die sich unter dem herzlichsten Jubel die Miene gaben, eine unheilbare Fehde auf Tod und Leben durchzufechten.

Von Seiten der alten Landeskinder wurde ihm

sogleich der Vorwurf entgegengehalten, daß der
Mutterstaat durch seine neuen Erwerbungen sich
nicht habe bereichern können, da er genöthigt ge=
wesen sei, eine unermeßliche Schuldenlast von ihnen
zu übernehmen, und es fehlte nicht an Ausfällen
auf die schlechte und leichtsinnige Wirthschaft des
alten Regiments, — Pfeile, welche natürlich so
gerichtet wurden, daß sie zugleich dessen Vertreter
als einen sorglosen Künstler treffen sollten, wogegen
er sich jedoch durch Vorweisung einer strotzenden
Börse (eine humoristische Prahlerei, welche unter
vertrauten Bekannten keinen Anstoß erregen konnte)
vollkommen rechtfertigte. Er nannte diese seinen
Feudalseckel; denn die alterthümliche Verfassung der
großen Bauernhöfe im Oberlande war hauptsäch=
lich der Gegenstand, um welchen der Streit sich
schon mehrmals gedreht hatte, indem die Unterlän=
der dieselbe als eine barbarische Einrichtung angrif=
fen, welche neben einem einzigen Reichen eine Menge
von Armen schaffe.

Dagegen machte der Maler die politische Selb=
ständigkeit geltend, welche aus einer solchen Ver=
fassung fließe, erinnerte an die norwegischen Edel=

bauern, welche so kräftig als ehrenvoll auf dem Storthing ihre Rechte behaupten, und rief endlich, als er von allen Seiten gedrängt wurde: Was wollt ihr denn mit der Barbarei sagen? Was haben denn eure Bauern davon, daß ihre Güter vertheilt werden? Bei uns ist doch Einer im Besitz, und das macht ihn menschlich gegen seine Untergebenen, aber bei euch hat Keiner etwas! Wovon leben denn eure Bauern? Mit Haften und dürren Zwetschgen müssen sie die paar Kreuzer zu gewinnen suchen, mit denen sie kümmerlich ihr elendes Leben fristen! Dagegen sitzt der Feudalbauer wie ein Fürst auf seinem Gut, und nicht sein geringster Knecht würde mit einem von euren freien Haftenbauern tauschen!

Nun hatte er einen harten Kampf zu bestehn, aber er wehrte sich wie einer der alten Kämpen, von welchen wir lesen, daß sie oft mit einem ganzen Heerhaufen im Kampfe sich herumgetummelt haben. Der liebenswürdige Mann war gewohnt, stets dem herrschenden Wesen Widerpart zu halten. Wie er während seines Künstlerlebens in Rom, obwohl selbst Romantiker, gegen Jedermann den hartnäckigen Protestanten gemacht hatte, so gab er sich unter seinen protestantischen Landsleuten als eingefleischter Katholik, und in gleicher Weise vertheidigte er in den Kreisen des modernen Erbrechts ein Herkommen, dem er vielleicht an Ort und Stelle eben so lebhaft die Kehrseite vorgehalten haben würde.

Als vermöge einer stillschweigenden Uebereinkunft die Waffen ruhten, nahm ein Beamter das Wort; man wußte, daß er erst vor Kurzem aus einem der obern Landesbezirke in die Stadt befördert worden war. Meine Herren, sagte er, das Gespräch bringt mich auf eine Geschichte, die unserem Professor Wasser auf seine Mühle sein wird. Zwar dürfen Sie Ihre Erwartung nicht allzu hoch spannen: was aus dem Leben geschöpft ist, das pflegt nicht eben übermenschlich zu sein; doch wird Ihnen meine Erzählung von den Bauern da droben einen Begriff geben, den man mit dem „schlichten Landmann" unsrer unteren Gegenden nur selten verbindet.

Ich bekleidete bis vor einem Monat einen Posten bei der Verwaltung im Oberlande, und bei dieser Gelegenheit hab' ich mit einem der Bauern, von welchen die Rede ist, allerlei zu thun gehabt. Der Bezirk, in dem ich angestellt war, hatte während des französischen Wirrwarrs unter anderem ein Jahr lang dem Prinzen von O— gehört, und Blomsperger — so will ich meinen Mann nennen — war eben zu der Zeit, als Land und Leute an unsere Regierung übergingen, eines leichten Wald= frevels wegen in Haft. Nun kennen Sie alle die Strenge unseres vorigen Herrn, namentlich in diesem Punkte: ohne Rücksicht darauf zu nehmen, daß der Angeschuldigte in dem Augenblicke, wo sein Verge= hen Statt fand, eine ganz geringe Strafe riskirt hatte, wurden die jetzt bestehenden Gesetze auf einen Fall, der gegen andere Gesetze und eine andere Ob= rigkeit verstoßen, angewendet, und — vergebens bot er Geld auf Geld — mein Blomsperger kam vier Jahre unter die Galioten.

Er hielt seine Zeit ruhig aus, wurde endlich wieder frei, kam zurück und war wieder der re= spectable reiche Mann, der er zuvor gewesen war. Darüber vergingen lange Jahre, der alte Herr war längst gestorben, die Sache todt und vergessen, und

Blomsperger wurde in seinem Dorfe zum Schulzen gewählt. Ich muß auf Pflicht und Gewissen erklären, daß ich in meinem ganzen Amtsbezirke keinen vernünftigeren Schulzen gehabt habe: er ging den andern mit einem guten Beispiel voran und wußte mehr als einmal die störrigen Gemüther den Neuerungen unseres Staatswesens geneigt zu machen. So lernt' ich ihn näher kennen und stand gar gut mit ihm, denn es war eine Freude, wenn man mit ihm zu verkehren hatte.

Aber seine Ueberlegenheit zog ihm Feinde zu, auch der Oberamtmann war ihm nicht grün, denn er verstand sich nicht auf Complimente und hatte eine unerbittlich ehrliche Zunge, ein Ding das zu heißen, was es eben war. Nun kam ein Anschlag gegen ihn zu Stande, und ein schlauer Kopf besann sich, daß dieser Schultheiß einst eine entehrende Strafe erlitten habe, mithin zu keinem bürgerlichen Amte fähig sei.

Hiegegen war nichts weiter einzuwenden, und ich ließ daher meinen Mann in der Stille kommen. Blomsperger, sag' ich ihm, seht Euch bei Zeiten

vor und blast zum Rückzug, es zieht ein Ungewit=
ter gegen Euch auf.

Hoho, sagt' er (denn er hatte einen schnellen
Merks), ich weiß schon, woher der Wind geht.
Ist es vielleicht gewissen Leuten eingefallen, daß
der Schulz von R— einmal Manschetten getragen
hat? Nun, da will ich den Ulmer Kühhirten machen
und diesen Spitzköpfen zuvorkommen!

In der nächsten Amtsversammlung stand er auf
und begehrte bescheidentlich seinen Abschied. Der
Oberamtmann zog die Stirn zusammen und sprach
lateinisch mit mir, ich erwidert' ihm aber, ich hätt'
meinen Schulsack schon längst verschwitzt, er sollte
nur deutsch reden. Da sagt' er lachend: Ihr müßt
Wind gehabt haben, Blomsperger. Es war aller=
dings an dem, daß man Euch den Marsch gemacht
hätte; nun spielt Ihr, so zu sagen, das Prävenire,
und zieht Euch gerade noch zur rechten Stunde
zurück.

Damit war die Sache gut, aber der Bauer war
fuchsteufelswild, und schwur Stein und Bein, es
müsse anders werden und wenn er sein ganzes Ver=
mögen dran rücken müßte. Ich war auf seiner

Seite, denn es ließ sich nicht leugnen, daß man
eine große Ungerechtigkeit gegen ihn begangen
hatte. Also setzt' ich ihm eine Schrift auf und
schickte ihn mit allerlei Instructionen in die Residenz. Geld müßt Ihr mitnehmen, Blomsperger,
sagt' ich ihm, Geld voll auf, denn es ist ein theures Pflaster dort, Ihr versteht mich schon!

Mein Bauer ließ sich das nicht zweimal sagen,
er steckte ein ganzes Capital in seine Taschen und
so marschirte er hierher. Vor dem Schloß angekommen, trat er, wie ich ihn unterwiesen hatte, zu
dem rothen bordirten Hahn, der dort auf und ab
spazierte, drückt' ihm einen Kronenthaler in die
Hand und bat, er möcht' ihn hineinlassen, er habe
eine wichtige Sache abzumachen. Also ließ der ihn
durch. Er ging aber nicht ganz oben hinauf, sondern zu einem gewissen andern Herrn im Cabinet,
den ich jetzt nicht nennen darf und dem er meine
Supplik zu übergeben hatte.

Dort stellte er sich nach Art der Bauern, wie
man im gemeinen Leben zu sagen pflegt, rinds-
hagelsdumm, richtete dem Herrn einen schönen Gruß
von mir aus, was ihm Gott vergeben wolle, und

bot ihm gleichfalls einen Kroneuthaler dar. Der Herr wurde bitterböse, und wollte wissen, ob schon Jemand Geld von ihm genommen hätte. Nun war er doch so gutmüthig, das nicht zu verrathen, nur, sagt' er, habe er gehört, daß man ohne zu schmieren nicht wohl durchkommen könne. Da lachte der Herr, daß er sich den Bauch halten mußte, sah die Schrift durch und sagte: Eure Sache ist gerecht; geht nur wieder nach Hause, guter Mann, Euch soll bald geholfen sein!

So kam er wieder zu mir, erzählte mir seine Gänge und hielt sich stille. Lange Zeit verging und es kam nichts. Da trat er mich wieder an, und fragte, was zu thun sei. Nichts habt Ihr zu thun, sag' ich ihm, bleibt nur ruhig, ich merke schon, an welchem Nagel die Sache hängen geblie=ben ist; in vierzehn Tagen muß ich einer Angele=genheit halber in die Stadt und da will ich auch nach Euren Rüben sehen.

Als ich hierher kam, ging ich gleich in's Ca=binet zu dem bewußten Herrn, entschuldigte mich wegen des unberufenen Grußes, und fragte, ob die Sache noch nicht im Reinen sei. Teufel! wie war der Herr so zornig! Nun erfuhr ich, was ich längst geahnt hatte: das Restitutionsdecret für den Blomsperger war schon vor sechs Wochen hinaufgeschickt worden, und der Oberamtmann hatte es mala fide liegen lassen. Ich bat, von meiner Mittheilung keinen Gebrauch zu machen, besorgte meine Geschäfte und reiste zurück.

Noch in derselben Nacht, in der ich ankam, schickt' ich hinaus (es war drei Viertelstunden weit) und ließ dem Blomsperger sagen, morgen mit dem Frühesten solle er sich bei mir einfinden und alle Taschen voll Geld mitbringen, es stehe nicht gut und er werde unchristlich zahlen müssen; dem Boten aber habe er einen Sechsbätzner zu geben wegen der späten Nachtzeit, und zwei Schoppen vom Besten dazu. Das geschah.

Morgens um fünf Uhr — ich lag noch tief in den Federn — kommt mein Knecht herein: der Blomsperger stehe schon draußen! Laß ihn herein, rief ich lachend, und wie er vor meinem Bette stand, hub ich an: Hört, Mann, es thut mir leid, Euer Sach' steht schief und Ihr werdet noch obendrein gestraft. Habt Ihr Geld bei Euch?

So ziemlich, sagt' er gleichmüthig, und zog rechts zweihundert Gulden und links zweihundert Gulden aus den ledernen Taschen.

Reicht nicht, sagt' ich bedenklich, Ihr werdet mehr brauchen. Versucht's einmal und geht in's Amthaus hinüber, heißt das, wenn die Leute erst auf sein werden, und fragt, ob nichts für Euch da sei, jetzt aber schiebt Euch fort und laßt mich noch ein wenig schlafen, ich bin noch müd' von der Reise.

Neun Uhr schlägt's, da stund mein Blomsperger schon wieder vor mir und hieß mich einen Cujon über den andern.

Als er vor den Oberamtmann getreten war, mochte diesem schon ein Vögelein gepfiffen haben. Er war sehr freundlich und sagte: Blomsperger! ich habe Euch eine angenehme Neuigkeit mitzuthei=len. Das Decret ist eigentlich schon vor einiger Zeit angekommen und durch ein Versehen, das ich recht sehr bedaure, unter andere Acten verlegt wor=den. Eure Strafe ist aufgehoben, Ihr seid in Eure bürgerlichen Ehren wieder eingesetzt, ich gratulir' Euch, jetzt könnt Ihr Schulz oder Bürgermeister

werden, was Ihr wollt. — Nichts will ich wer=
den, Herr! hatte er erwidert, mir ist's genug, daß
ich wieder ein ehrlicher Mann bin.

Nun, und was habt Ihr bezahlen müssen?
fragt' ich ihn.

Fünfzehn Gulden Sporteln. (Das war von
Rechtswegen.)

Hat Euer Geld gereicht?

Und 's reicht doch nicht! rief er, indem er an
seine Taschen schlug, denn jetzt muß ich fragen,
was ich Euch schuldig bin!

Hab' ich Euch denn die Zeche schon zu machen
begehrt? rief ich, während er seine Rollen heraus=
zuziehen und auf den Tisch zu legen anfing. Ein=
gesteckt, wenn wir gute Freunde bleiben sollen!
Wollt Ihr aber mit Gewalt wissen, was Ihr mir
zu bezahlen habt, so will ich's Euch sagen. Meine
Auslagen für Euch betragen einen Gulden und vier=
zig Kreuzer; damit könnt Ihr auf der Stelle her=
ausrücken, wenn's Euch so darnach juckt.

Nein, das geb' ich Euch nicht, der Teufel soll
mich holen! rief er wild: Ihr seid mein Vater, Ihr

habt mich wieder zu einem Mann gemacht, und das sollt Ihr nicht umsonst gethan haben.

Er wiederholte den Versuch noch mehrmals; da er aber sah, daß bei mir nichts anzubringen war, führte er sich ab und ging zu meiner Frau. Diese war schon von mir instruirt und wies ihn ebenfalls ab. Nun versteckte er noch eine Kronenthalerrolle in einem Wandschrank, wo das Geld sogleich nach= her aufgefunden und ihm in's Wirthshaus zur Traube nachgeschickt wurde; denn dort hatte er sein Standquartier genommen und trank nach Her= zenslust.

Nachmittags um zwei Uhr machte ich einen Spaziergang mit zwei Bekannten und kam zufällig an der Traube vorüber. Ich dachte, er sei längst fort, aber er lag unter dem Fenster mit feuerrothem Gesicht und rief uns hinein. Da half kein Wider= streben. Ich verlangte ein Glas Bier, aber er schlug dem Traubenwirth das Glas aus der Hand und ließ Champagner kommen. Ich trank ein paar Kelche und ging nach Hause zurück an meine Ge= schäfte.

Abends acht Uhr, es fing an zu dämmern, ging

ich wieder denselben Weg vorbei. Wer sieht zum Fenster heraus? Mein Blomsperger, der mich gleich wieder drin haben wollte. Jesus, Mann! rief ich, warum denkt Ihr nicht an's Heimgehen? Ihr habt so viel getrunken, seht zu, daß Euch kein Unglück widerfährt!

Heimgehen? rief er. Ja, daß ich ein Narr wäre! Holen sollen sie mich! ich habe schon nach dem Wagen geschickt. Nun ich wieder ein ehrlicher Mann bin, will ich heimfahren wie ein Herr!

Ich mußte lachen und blieb unter dem Fenster stehen; hinein citiren · ließ ich mich nicht. Unter=dessen kam sein Sohn mit dem Wagen und einem stattlichen Geschirr angefahren. Vorzüglich gefiel mir das eine Pferd, ein Rappe, jung, glänzend, wohlgenährt, groß und von der besten Haltung. Der Junge mußte ein paar mal vor mir auf und ab fahren, um mir die feurigen Bewegungen des Rosses zu zeigen. Ich wünschte ihm glückliche Reise und ging meiner Wege.

Morgens in aller Frühe kommt der Knecht vor mein Bett: Von wem haben Sie denn das schöne Pferd gekauft, Herr?

Esel! sag' ich, was werd' ich ein Pferd kaufen? Reib' dir die Augen aus!

Aber er blieb bei seiner Aussage und versicherte, es stehe ein prächtiger Rappe im Stall, und ein nagelneues Geschirr hänge über der Krippe.

Ich zog mich schnell an und ging hinab; siehe da, es war Blomspergers Rappe. Der kommt mir wie gerufen, sagt' ich, geh' und spann' ihn gleich ein! Nun macht' ich mit meiner Frau ein paar Tage lang Spazierfahrten zu benachbarten Bekannten, denen ich Besuche schuldig war. Wie dies abgethan ist, sag' ich meinem Knecht: Heut Nacht führst du das Pferd nach R—, stellst es ihm ganz leise in den Stall und hängst das Geschirr über die Krippe, gerade wie er's gemacht hat.

So geschah es. Am andern Morgen kam er und sagte mir vollwichtige Grobheiten: ich wolle ihn zu einem schlechten Manne machen, er habe das Pferd selbst aufgezogen, es koste ihn nicht so viel, und dergleichen mehr.

Blomsperger, sagt' ich ihm, wenn ich ein Pferd nöthig hätte, auf mein Wort, ich hätt' Euren Rappen behalten, aber ich brauch' ihn nicht und die Fütterung ist mir zu theuer.

Nun wiederholte er das alte Manöver mit dem Geld, und ich hatte Mühe, ihn zu überzeugen, daß ich mich nicht von ihm belohnen lassen könne. Endlich gab er sich zufrieden, aber die Geschichte ist noch nicht ganz aus.

Nach einigen Tagen hatt' ich Geschäfte in W —, einem meiner Amtsorte. Wie ich fertig bin, geh' ich vom Rathhaus in den Hirsch, laß' mir einen Schoppen und etwas zu essen geben: Hirschwirth, was bin ich schuldig?

Nichts, Herr! der Blomsperger hat's schon bezahlt.

Ei, zum Teufel, so macht mir die Zeche!

Kann nicht sein! sagte er kopfschüttelnd: Heilige Mutter Gottes! er thät' mir das Haus einreißen, wenn ich einen Kreuzer von Ihnen nähme.

Der Hirsch war meine gewöhnliche Herberge. Ich ging in's goldene Roß, trank einen Schoppen Bier, fragte nach der Zeche — mein Blomsperger war auch dort gewesen und hatte mir den Paß verrannt. Um es kurz zu sagen, alle Wirthshäuser

in meinem ganzen Amtsbezirk, von denen er nur
im Entferntesten denken konnte, daß ich sie besuchen
würde, hatten den Auftrag, mich auf seine Kreide
zu schreiben, so daß ich in die größte Verlegenheit
kam und in meiner eigenen Amtsstadt nicht mehr
zum Bier gehen konnte, bis mit meiner Versetzung,
die mich gerade um jene Zeit hierher führte, das
Wesen ein Ende nahm. Aber auch hier bin ich
nicht sicher vor ihm, denn, wie er mir zum Abschied
sagen ließ, muß ich jeden Tag seines Besuchs ge=
wärtig sein.

Seht, ihr Herren! rief der Maler triumphirend,
das ist der Feudalbauer! das kann keiner von euren
Zwetschgenbauern thun! Die halten den Lederbeu=
tel fest zugeschnürt, auch die Vermöglicheren unter
ihnen, die sich sehen lassen könnten.

Ei nun, sie sind doch auch wärmerer Regungen
fähig, bemerkte ein Anderer. Vor fünf Jahren, als
wir den Polenbesuch hatten, kamen ein paar von
den Flüchtlingen auf ein Dorf. Dort gerieth Alles
in freudige Aufregung, die ganze Gemeinde war
stolz, ihre Polen zu haben, so gut wie die umlie=
genden Städte. Sie wurden bestens bewirthet und

beim Abschied mit einer Zehrung entlaßen. Die Weiber hatten Leinwand beigesteuert, die dem Heimathlosen gar willkommen ist, und unter den tragbaren Lebensmitteln war, zur Erbauung unseres Freundes hier, ein Säcklein mit dürren Zwetschgen nicht vergessen; auch etwas Geld lag dabei. Nur die Uebergabe verursachte einige Schwierigkeit, denn der Schultheiß, der den Ceremonienmeister machte, begnügte sich nicht mit der stummen Sprache des Augenscheins, sondern glaubte eine Art Anrede halten zu müssen. Er führte daher die Gäste vor die Bescherung hin, deutete auf sich und die anderen Geber, dann auf die Gaben, zuletzt auf sie, die Empfänger, und sagte dazu deutlich articulirend: G'schenkt — von uns! Die Polen, in der Meinung, er wolle ihnen noch was Besonderes sagen, zuckten die Achseln. Der Schultheiß wiederholte seine Rede lauter, indem er sie mit freundschaftlichen Rippenstößen begleitete. Da aber die Fremden auf ihrem Kannitverstahn beharrten, so schritt er zur äußersten Deutlichkeit, drückte ihnen die Köpfe zusammen und schrie ihnen aus Leibeskräften in die Ohren: G'schenkt, g'schenkt — von uns!

Alle lachten. Die Methode wäre unsern Ueber=
setzern zu empfehlen, bemerkte ein junger Schrift=
steller.

Ich hab' einmal anders erfahren, wie der Bauer
schenkt, begann ein Landwirth, der sich zu Zeiten
in der Stadt aufhielt. Durch den Tod eines Ver
wandten unvermuthet Gutsbesitzer geworden, kam
ich an einem schönen Sommerabend einen Fußweg
bahergewandert, um in mein neues Eigenthum ein=
zuziehen. Die Felder, durch die mein Weg führte,
waren mein und standen prächtig — das war alles;
was ich von ihnen wußte, denn, bei der Feder auf=
gewachsen, mußte ich jetzt ein neues Leben beginnen.
Wie ich so mich umsehe, bemerke ich ein altes
Bäuerlein, dem das Hemd aus den Hosen schaut,
mitten in der grünen Gerste am Boden beschäftigt.
Da es etwas ängstlich that und heimlich nach allen
Seiten lugte, so duckte ich mich hinter den Rain
und spionirte. Mein Männlein grapst und be=
kommt etwas in die Hand, das in schrillenden Tö=
nen heftig schrie, wickelt das Ding in's Gras=
tuch, steckt es in die Tasche und wuselt eilig fort,
die Furche hinauf. Ich dachte: was mag das wohl

für eine Grille sein, die so zirpt? Indessen kam ich bei dem alten Maier an, der mein Hofgut verwaltete, gestand ihm meine Unwissenheit, bat um Rath und Lehre und fing meine Einrichtungen mit ihm zu treffen an. Dazwischen fiel mir wieder ein, was ich gesehen hatte, und ich fragte ihn, welch Thierlein es wohl gewesen sein möge, das so geschrillt habe. Was anders als ein junger Hase? antwortete er lachend. Ehe er aber weiter reden konnte, klopft's an der Thüre und herein wackelt das Bäuerlein. Es habe gehört, sagt' es, daß der junge Herr angekommen sei, und wolle ihm da nur ein Häslein verehren. Hatte der Spitzbub' auf meinem eigenen Jagdgrund und in meiner eigenen Gerste das Präsent gefangen, womit er sich mir empfehlen wollte!

Oder, bemerkte der Beamte, hatte er vielleicht doch gesehen, daß Sie ihn beobachteten, und hat sich so mit guter Art aus der Affaire gezogen; sonst würde er wohl das Präsent in seine eigene Küche getragen haben.

Kann auch sein, erwiderte der Gutsbesitzer lachend.

Nun wurden eine Menge Züge aus dem Volks=leben erzählt, wobei Verschmitztheit und herzloser Geiz die Hauptrollen spielten. Dagegen wurde von anderer Seite hervorgehoben, welche bittere Armuth in manchen unserer Gegenden herrsche, und mit wie ergebenem Gleichmuth sie ertragen werde. Es gibt Albthäler, sagte Einer, wo der Morgen Feld einen Gulden gilt. Da schafft man=cher Mann den ganzen Tag mit nichts als einem Stück Brod in der Tasche, wozu er nicht einmal Most hat. An den steilen Bergabhängen mähen sie das Gras weg mit Lebensgefahr, denn der von der Sonne gedörrte Boden ist dort so glitschig, daß man wie auf Glatteis geht. Oder sie machen mit unsäglicher Mühe die verkrüppelten Bäume und Stumpen heraus, die in's Gestein gewachsen sind. Erst kürzlich hat ein grundbraver Mann, den ich kannte, bei dieser Arbeit das Leben eingebüßt. Arm, wie seine ganze Gemeinde — er war gleichfalls Schultheiß, aber kein oberschwäbischer — mühte er sich an einer Steinlinde ab, die plötzlich über ihn herrollte und ihn erdrückte, so daß er nur noch einen Jammerblick nach seinem anwesenden

Sohn senden konnte. Und als man den Baumstor=
ren von den schweren Steinen gesäubert hatte, gab
er kaum ein Viertelmeß Holz.

Da vergeht Einem die Lust, rief Einer aus der
Gesellschaft, indem er das aufgehobene Glas wie=
der niedersetzte.

Unsere Weingärtner nicht zu vergessen! sagte
ein Anderer. Wo gibt es einen Menschenschlag,
der an Ausdauer diesen überträfe? Fleißig, spar=
sam, genügsam, von Fehljahr zu Fehljahr auf einen
besseren Herbst hoffend, so daß man wohl von
ihm sagen kann: „Noch am Grabe pflanzt er die
Hoffnung auf! Und wenn auf das fast regelmäßige
Halbdutzend Fehljahre einmal ein gutes kommt, so
hat der größte Theil kaum so viel gewonnen, um
seine Schulden zu zahlen und knapp wieder fort=
zuleben.

Ja, ihre Genügsamkeit ist groß. Ich ging ein=
mal an einem heißen Tage die Weinsteige hinauf
spazieren. Von ungefähr zog ich die Dose heraus
und schnupfte. Da rief es hoch über mir, ich möchte
doch ein wenig verweilen, und ein alter Weingärt=
ner kam eilig die langen Staffeln herab. Herr,

sagte er, Sie könnten mir eine Wohlthat erweisen, wenn Sie mir eine Prise gäben, es ist so gut für den Durst. Und kindlich vergnügt stieg er, als ich ihm meine Dose in ein Papier ausgeleert hatte, wieder zu der obersten Höhe des Weinbergs zurück.

Ihre Sparsamkeit, hob ein Vierter an, steht besonders unter der Obhut ihrer Weiber. Ein Weingärtner hatte einen Schillerwein im Keller, der sein Ein und Alles war. Er liebte ihn wie seinen Augapfel, und liebte ihn viel zu sehr, um sich auch nur einen Tropfen davon zu gönnen; im Gegentheil, das Faß lag wohl verspundet und un=berührt im Keller, ein stilles Heiligthum. Als aber der Mann krank wurde und zu sterben kam, sagte er zu seinem Weibe: Ich hab' eine wunderbare Lust, vor meinem Ende auch einmal meinen Schiller zu versuchen, gang, Weib, und hol mir einen Schoppen herauf. Sie aber sah ihn weh=müthig und bedächtig an. O Johannesle, b'hilf di vollends, sagte sie. Und er behalf sich und starb, ohne von seinem Schiller gekostet zu haben.

Nachdem der Eindruck dieser Erzählung, die unwiderstehlich wirkte, sich etwas gelegt hatte, nahm

ein Arzt vom Lande das Wort. Er wurde häufig
zu Kranken in die Stadt gerufen und brachte des=
halb manche Abendstunde bis zum Postabgang in
dieser Gesellschaft zu. Aus unserem Bauernleben,
sagte er, ist mir im Augenblick kein Zug von Groß=
muth oder Splendidität gegenwärtig, den ich jenem
flotten Oberschwaben gegenüberstellen könnte —
wiewohl auch dem Unterländer ein Opfer auf dem
Altar der Menschheit zuzutrauen ist, nur daß er
vielleicht eher seine Haut zu Markte trägt als sein
Klingendes — aber aus dem so eben mehrfach be=
sungenen Stande kann ich mit einem Exempel auf=
warten. Vorigen Herbst, in einem Dorfe meiner
Nachbarschaft, über dem verdammten Schießen trug
sich's zu. Der Schreiner des Orts schlägt das
Gewehr auf einen Weingärtner an: Soll ich?
Schieß! ruft der Andere. Der Schreiner drückt
ab; auf sechzig Schritte und mit einem Pfropfen
im Laufe dachte er an nichts Arges. Aber der
Weingärtner schlägt die Hände vor das Gesicht
und stürzt mit einem Schrei zu Boden. Der Schütz
hatte, wie so oft, die Schrote von der letzten Wil=
berei auszuziehen vergessen. Dieser warf die Flinte

weg und rannte fort, ohne Nachts heimzukommen. Man holte mich zu dem Verwundeten, aber ich konnte ihm sein Auge nicht wieder geben. Den andern Tag stellte sich der Thäter ein und trat in Verzweiflung an das Krankenbette. Aber mitten in den ärgsten Schmerzen streckte ihm der Weingärt=ner freundlich die Hand entgegen, tröstete ihn, so gut er konnte, und auch sein Weib stand ihm bei diesem Benehmen treulich bei. Ja, was nach dem bisher Besprochenen die Hauptsache ist, sie nahmen von dem Beschädiger, was er auch thun mochte, nicht einen Kreuzer Schmerzengeld. Ich muß ihm das Zeugniß geben, daß er sich alle redliche Mühe gab, sie dazu zu bewegen, aber es war vergebens; und von den beiden Theilen, die in geringem Wohl=stande leben, ist er immerhin noch der reichere. Jetzt sind Beide noch bessere Freunde als zuvor.

Das geht über unsern Feudalbauer, sagte der Maler zu dem Beamten, indem er mit ihm an=stieß.

Die Gesellschaft ließ den wackern Weingärtner leben. Eine solche Geschichte, bemerkte Einer, erhält ihren Werth und Reiz vornehmlich dadurch, daß sie, wie in diesem Falle nicht zu zweifeln, eine wahre Geschichte ist.

Allen Respect vor einem solchen Beispiele des Edelmuths! versetzte ein Anderer. Und dennoch, da wir einmal an's Anekdotenerzählen gekommen sind, ist mir bei der Frage vom Schmerzengeld ein Gegenstück eingefallen, das ich nicht unterbrücken kann. Zwei Bauernbursche ringen mit einander; der Eine stürzt und bricht dabei den Fuß. Aber schnell gefaßt: Da hast's, ab ist er! ruft er scha=denfroh vom Boden dem Sieger zu. Der Gedanke an den Schadenersatz und all den Verbruß, der diesem bevorstand, half ihm den Schmerz verbeißen.

Ein schallendes Gelächter erfolgte. So etwas kann doch auch nur bei uns vorkommen! rief man nationalstolz durch einander.

Aber seht ihr wieder einmal, sagte der Maler, wie der Satan in den verkehrten Menschengemü=thern seinen Sitz aufgeschlagen hat? Die schönste moralische Geschichte muß die Segel streichen, wenn eine andere auf's Tapet kommt, die mit etwas Teufelei gepfeffert ist.

Ja, aber je dümmer der Teufel, desto unter=

haltender ist er gemeiniglich, und darin liegt doch auch wieder eine Art Theodicee.

Gute Nacht für heute! hieß es von allen Sei=ten, und der erste Erzähler mußte noch versprechen, seinen Feudalbauer, so bald er den angekündigten Besuch machen würde, in die Gesellschaft mitzu=bringen.

An der Wiege.

(Zu einem Bilde von Lucian Reich.)

Was habt Ihr da gemacht, Meister Lucian? Das Bildchen drückt aus, was
die Schwaben und Alemannen zu erkennen geben, wenn sie sagen: da sieht's
heimelig aus! Eine ganze Heimath habt Ihr hin-
eingetragen, und es wird nicht weit gefehlt sein,
wenn ich denke, es sei Eure eigene, die schwarz-
waldbenachbarte Baar. Wie still und traulich ist
es in dieser Haushaltung! Geht ein Friedenszau-
ber von dem schwarz eingebundenen Buche aus, in
welchem die Seele der jungen Mutter athmet? Er
schwebt hinüber auf das Kind, das den kräftigen
Schlaf der Gesundheit in der mit dem heiligen
Zeichen gesegneten Wiege schläft. Er verbreitet
sich durch das ganze Gemach mit dem wohlgeord-
neten reinlichen Geräthe, und hat sich auch des be-
haglichen Hausthiers bemächtigt, das vielleicht vor-

her noch mit dem Kinde gespielt und dann sein Schüsselein rein gemacht hatte. Nur leise wagt der Pendel an der Uhr zu gehen; durch das offene Fenster haucht die frische Gottesluft herein und schmeichelt dem dort stehenden Blumenstock so viel ab, als nöthig ist, um die trauliche Stube mit Wohlgeruch zu erfüllen. Das Bild erinnert an jenes, das die Jungfrau mit dem Kinde, in den Propheten lesend, darstellt: Mater nati fata requirens. Sieht das hier nicht auch aus wie eine Mutter, die in den Geschicken des Kindes forscht? Wollen wir ein bischen nachhelfen und dem kleinen, runden, dicken, süßträumenden Menschen ein Lebensläufchen zurechtmachen? Aber nicht aus den „swarzen Buochen," wie Gottfried von Straßburg sagt! nein, wir wollen's frischweg aus dem Leben nehmen. Kommt, Meister Lucian, Ihr müßt ein wenig dazu behilflich sein.

Das kann schon werden, sagt er, indem er das Pfeifchen aus dem Munde nimmt, den Schnurrbart streicht und behaglich der blauen Wolke nachschaut, die sich so eben an seiner kleinen gypsernen Venus emporkräuselt.

Wohlan denn, frisch an's Werk! In der Wiege haben wir ihn einmal. Jetzt handelt es sich darum, ihn weiter zu fördern.

Nun, für die nächsten paar Jahre ist das bald geschehen. „Wachse 'n und trueihe," wie Hebel singt; es gilt für alle gleich, ob einer mit den Insignien eines Dragoneroberften unter seidener Decke, oder mit dem weißleinenen Häublein in der Wiege von Schwarzwälder Tannenholz gebettet ist.

Richtig. Also wollen wir ihn derweil den Schutzengeln überlassen, nach welchen seine Mutter so eifrig in dem Buche schaut, und wollen ihn erst wieder heimsuchen, nachdem er seine erste Selbständigkeit erlangt hat.

Da hält er sich an der Mutter ihrem Rock und steigt mit ihr in der Stube herum, tummelt sich mit seinen Geschwistern, und spitzt die Ohren, wenn die Mutter am Samstag Abend erzählt, was sie morgen kochen wolle; und wenn sie gar den längst versprochenen Schinken aus dem rußigen Kaminschoß herunterlangt, dann hängen sich alle lachend und schreiend um sie her. Wenn sie „Knöpfle" einlegt, dann muß er ihr aus dem Gärtlein hinter dem Hause „Peterle“ und Schnittlauch holen. Am Sonntag nach dem Essen, falls das Wetter schön ist, geht der Vater in den „Oesch,“ um die Felder zu beschauen; die Mutter bleibt zu Hause sitzen und betet in dem Gesangbuch oder auch im alten „Himmelsschlüssel.“ Da hört man dann gewöhnlich im Dorfe keinen Laut. Nur beim obern Bierhaus ist's lebendig; dort liegen die blanken Groschen und Sechser auf dem Boden im Sand, und der kleine Konrad sieht mit seinen Kameraden zu, wie sie von den Gewinnenden mit zufriedenem Schmunzeln aufgehoben werden.

Auf die Art wird der kleine Mensch schon frühzeitig in Dinge eingeweiht, wovon die Mutter wahrscheinlich nichts in dem silberbeschlagenen Buche gelesen hat.

Meinethalb strolchen sie auch im Feld herum, schneiden Pfeifen im Rohr und musiciren. Aber an Regensonntagen, da stehen sie unter dem Vordach an des Vogts Haus, und schachern um Sackmesser, Wachholdergeißelstöcke oder um Zwick.

Zwick? das ist mir eine unbekannte Gegend.

So heißt man das vordere Ende einer Geißel-
schnur.

Jetzt weiß ich, wo ich b'ran bin. Das ist die
Treibschnur; die hat bei uns auch eine große Rolle
gespielt.

O, geht mir mit der Treibschnur! Das ist bei
den Stadtbuben ein jämmerliches lahmes Schnür-
lein. Aber der Zwick wird sehr kunstgerecht in einer
Maschine gedreht, und knallt, daß Einem das Herz
im Leibe lacht. Das ist andere Arbeit.

Nun, was hilft's? Die Freude wird auch nicht
ewig währen. Wenn der junge Schiller von dem
Schicksal sang, das den Knaben schon in seinen
„ersten Hosen" ereilt und „ihm der großen Römer
Weisheit auf den Rücken malt," so ist das ein ge-
meinsames Leid, das in seiner Weise Jeden heim-
sucht, ob er in dem leinenen Häublein, oder mit
dem Commandostab in der Wiege lag, ob er mit
dem Zwick, oder ob er als Stadtbube mit der Treibschnur knallt, ob er die Weisheit aus runden, oder
aus gothischen Lettern saugt. Wenn man auf der
Schulbank sitzen muß, wißt Ihr, und die Sonne

scheint so lustig braußen, daß es Einem wie Queck=
silber durch alle Adern rinnt —

Ja, das ist halt freilich eine harte Nuß. Wol=
len froh sein, daß wir sie durchgeknackt haben.
Uebrigens fehlt es auch in diesem Stande nicht an
Lustbarkeiten.

Ja, im Winter thut's das Schneeballen vor
und nach der Schule, im Frühling und Sommer
gibt's Ballspiele, Eierbicken, sodann Marbel und
andere Ergözungen, und in der Schule selbst führten
wir die Armbrust in Taschenformat und beschoßen
uns, während die verlassene Dido ihrem Aeneas
nachseufzte, mit erbarmungslosen Papierkugeln.

Gott segne Eure Stubia! spricht Lucian, und
läßt eine lange dünne Rauchsäule in die Höhe stei=
gen. Zu solch reisigem Zeug darf's mein Konrad
nicht bringen; auch muß er in der Schule hübsch
aufpassen, schon deshalb, weil sich's da nicht um
Eure leichtfertigen Poeten handelt, sondern um löb=
lichere Dinge, als da sind die Geschichten vom
ägyptischen Joseph und vom König David und
dergleichen mehr. Will er nebenher noch eine Er=
gözlichkeit haben, so soll er auch dazu was Or=

bentliches lernen, zum Beispiel „Helgle" und Aga=
thenzettel malen. Dadurch macht er sich dann auch
bei den Mädchen, seinen Schulkamerädinnen, be=
liebt.

Halt — kann er denn die Mädchen leiden?

Das nicht gerade. Vielmehr zupft und rupft er
sie, scheucht und jagt sie herum, und wo er ihnen
einen Possen spielen kann, da ist's ihm ein „ge=
mähtes Wiesle." Aber dann und wann wird er
doch ein wenig gnädig und beschenkt sie, sei's auch
nur aus Eitelkeit, um seine Meisterwerke an sie
abzusetzen. An Lob und Schmeichelei und Bettelei
lassen sie es ihrerseits nicht fehlen.

Noch einmal Halt — Ist keine darunter, die
er — wie soll ich mich ausdrücken? — so ganz
besonders nicht leiden kann? Ihr wißt schon — es
gibt Fälle, man hat Beispiele.

Allemal ist so eine d'runter, das versteht sich.

Und wie heißt sie? Das müssen wir gleich in's
Reine bringen, denn der Name thut sehr viel zur
Sache. Bei einem Kourad, meine ich immer, müsse
es eine Anna sein, die er so sehr besonders leiden
oder so eigenthümlich besonders nicht leiden kann.

Wir wollen noch eine Marie voransetzen, dann hat der Name den rechten landschaftlichen Klang.

Also Marianne?

Des reichen Vogts Markmueli. Die jagt er immer am hitzigsten, die kneipt er am ärgsten, wenn er sie erwischen kann.

Und doch hat sie ihm gewiß nie etwas zu leide gethan.

Bewahre, sie könnte keine Fliege kränken. Er weiß auch gar nicht, warum er so einen absonderlichen Zahn auf sie hat. Ihr Vater ist freilich ein stolzer grober Melcher, aber dafür kann das feine freundliche Mädle nichts, das immer so fleißig lernt und so gutherzig gegen alle Kameraden und Kamerädinnen ist.

Doch kann das im Stillen mitwirken. Gebt Acht, der Bursche läßt sie's entgelten, daß sie ein wenig vornehmer ist als er.

Freilich thut er das, es ist schon so ein Zug unterwegs. Da ist einmal große Kälte, es wird ein paar Tage keine Schule gehalten, und der Konrad benützt diese Zeit, um die zwei Tafeln, die in seiner Vaterstube hängen, zehn oder zwölfmal auf's Herrlichste abzumalen. Wie nun die Schule wieder angeht, legt er seinen Kram aus, eh' der Lehrer kommt. Den Buben verhandelt er die Bilder, den Mädchen schenkt er sie. Jede Kamerädin bekommt eins, nur nicht die Mariann', und doch hat der Bösewicht noch ein übriges Exemplar in der Hand. Das Marianneli, wie es solches sieht, sagt es mit seiner kleinen süßen Stimme: Aber Konrad, mir schenkst du doch auch eins?

Grad' dir schenk' ich keins, sagt er: warum hat mich dein Vater vorige Woche durchgeprügelt, als wir in eurem Schopf Tabak rauchten?

Ich kann ja aber nichts dafür, sagt sie, und die Thränen stehen ihr in den Augen, daß sie allein leer ausgehen soll.

Kauf dir eins, sagt er, ihr seid ja reich genug. Und dabei freut's ihn innerlich, zu sehen, wie ihr das zu Herzen geht. Nachher aber reut es ihn wieder sehr, wie wenn er einem Schmetterling die Flügel ausgerupft hätte, und während der Schule sieht er oft von seiner Bank in die ihrige hinüber, was sie mache.

Sie sieht ihn aber nicht an?

Nicht ein einzigs Mal. Deshalb wartet er auch nach der Schule unten an der Hausthür' auf sie, und sagt: Da, Mariann', ich schenk dir's doch. — Sie aber schlägt ihm das Bildlein aus der Hand: Jetzt will ich's auch nicht mehr, sagt sie, ich kann mir ja eins kaufen. — Nachher ist sie aber gleich wieder gut.

Da muß er übrigens doch noch etwas extra thun, um sie für ein solch schweres Stück zu entschädigen.

Ja, nach seiner Art. Werden gleich sehen. Ein paar Tage darauf sind sie alle auf dem Platz vor der Zehentscheuer. Es wird hin= und her gerathen, was sie spielen sollen. Wir wollen Farben austhei= len, sagt endlich der Konrad.

Das ist, schätz' ich wohl, „Engel und Teufel?"

Ja, es kommt auf eins heraus. Die Kinder sitzen im Kreis, eines theilt die Farben oder Blu= men aus, ein andres stellt den Engel und ein drittes den Teufel vor. Ein Mädchen geht von einem Kind zum andern und sagt ihm in's Ohr: du bist eine rothe Rose, du eine weiße, du bist eine weiße Lilie, du eine braune Nelke, und so weiter. Den Buben aber gibt sie keine so schöne Namen; da heißt's: du bist ein Schlehenbusch, du eine Brennessel, du ein grüner Distel, und dergleichen Zartheiten mehr. Nun kommt der Engel mit der Kuhschelle: Klingkling. — Wer ist brauß? fragt die Austheilerin. — Der Engel mit dem Schein. — Herein. Was hätt' Er gern? — Eine Farb'. — Was für eine? — Eine weiße Rose. — Die bekommt er auch richtig, und führt sie in den Himmel, wo nichts als Gesang und Freude ist. Darauf erscheint der Teufel —

Den macht unser Konrad?

Natürlich. Der hat sich Hörner von Pappendeckel verfertigt, einen Schwanz von Werg angebunden und das Gesicht mit Ruß geschwärzt. In der Hand trägt er einen Stecken, der stellt den Schürhaken vor. Bum, bum. — Wer ist brauß? — Der Teufel mit der Schürgabel. — Was hätt' Er gern? — Nun bekommt auch der Teufel seinen Antheil und führt die armen Seelen in die Hölle, wo er sie unter Heulen und Zähneklappen entsetzlich peinigt. Er läßt seinen ganzen Grimm an ihnen aus, der dießmal groß ist, weil er troß alles

Rathens nicht auf die rechte Farbe kommen kann. Die Sache ist nämlich die: er möchte gar zu gern die Mariann' in der Hölle haben, bringt aber ihren Blumennamen nicht heraus. Endlich fällt es dem Engel ein, Rosmarin zu verlangen, und siehe da, der Teufel hat das Nachsehen, und muß es sich noch gefallen lassen, daß die Seele, nach der er vergebens schnappte, im Triumph an der Hölle vorbei in den Himmel geführt wird. Darüber wird er denn ganz erbost und wüthend, kann es auch nicht unterlassen, mit der Schürgabel nach dem vorbeimarschirenden Engel zu schlagen; da aber dieser gewandt ausweicht, so trifft der an sich nicht ernstlich gemeinte Schlag die Mariann' in's Gesicht und verursacht ihr heftiges Nasenbluten.

Zarte Aufmerksamkeit!

Soll ihm auch wohl bekommen. Auf das Geschrei der jüngsten Kinder, die natürlich kein Blut sehen können, ohne ein Zetermordio zu erheben, streckt der Vogt seinen Kopf zum Fenster heraus. Was gibt's? — Der Konrad hat die Mariann' in's Gesicht geschlagen, daß sie blutet. — Hab' ich

dir nicht schon oft genug gesagt, du sollest nichts
mit dem R . . er haben?

Welche Demüthigung für Seine satanische Ma=
jestät? Aber der Titel ist — shocking! Sagen
wir doch lieber noch „Racker!"

Nein, R . . er. Ich kann ihm nicht helfen. Aber
es kommt noch besser. Während er starr wie eine
Salzsäule vom Vogt eine Zugabe von weiteren
Ehrentiteln hinnimmt, faßt ihn eine Hand von
hinten am Kragen und nimmt ihn mit dem Seil=
stumpen in Arbeit.

Ah, bitte, Meister Lucian, mit dem Seil=
stumpen!

Da beißt die Maus keinen Faden davon; denn
es ist sein eigener Vater, der auf diese Weise vor
dem gestrengen Vogt seine bürgerliche Freiheit
wahrt. Alsdann führt er ihn am Arm nach Hause;
an der Stiege, die in die Schlafkammer der Buben
führt, zählt er ihm noch etliche aus dem F auf
und stößt ihn nach der Treppe: So, jetzt pack'
dich in's Bett. — Wie ein Pfeil fährt der Teufel
mit Schweif und Hörnern die Stiege hinan und
läßt nichts mehr von sich hören. So, sagt der

Vater zur erschrockenen Mutter, besser jetzt als später! — Der Konrad aber kommt den ganzen folgenden Tag nicht herunter, was auch die Mutter sagen mag. Droben malt er die schönsten Blumen auf einen Bogen Papier, und wie er wieder in die Schule kommt, schenkt er sie dem Marianneli. Dem Vogt aber trägt er's noch lange nach.

Wenn er das vorher wüßte, er würde die Wiege schwerlich verlassen wollen, in der er hier so harmlos träumt. Wenn ich so einen kleinen runden Kindskopf sehe, so pflege ich immer zu denken: Du wirst mit der Zeit auch noch ein längeres Gesicht machen. Und doch, wie klein sind die Unfälle, über die wir zuerst die Unterlippe hängen lassen! Wie bald sind jene Thränen vergessen, wie leicht ist die Speise des Lebens selbst da noch, wo wir sie zuerst als einen harten Bissen kennen lernen.

Ja, die Kindertage sind schön, und erscheinen schöner und schöner, je weiter uns die Jahre von ihnen entfernen.

Das Leben kommt mir vor wie eine Stickerei. Die Gegenwart, die wir in ihrer ganzen, oft so

unschönen Weitläufigkeit durchleben, ist die Kehr=
seite, wo die Fäden aufgetragen werden. Da
läuft alles wirr und kraus durcheinander, ist we=
nig Sinn und Bedeutung zu finden. Wenn uns
aber, wie Ihr sagt, die Jahre davon entfernen, so
dreht sich allmählich vor unsern Augen das Stück,
und die schöne Seite kommt zum Vorschein mit
ihren vollkommenen Gestalten, die wir in Unmuth
und Unvollkommenheit gewoben haben. Da ist
denn manches böse Fädelein verschwunden, das uns
so dick wie ein Seilstumpen däuchte, und das uns
keine Maus abbeißen zu können schien. So gebiert
das Leben selbst den Gegensatz des Lebens und
der Kunst, die jenes nur wie durch fromme Erin=
nerung auf der Gestaltenseite schaut; denn jeder
Mensch, der in die Vergangenheit und vornehmlich
auf seine Kinderjahre zurückblickt, wird unwillkür=
lich zum Künstler. — Aber nun webt mir für un=
sern Schützling einige freundliche Fäden ein.

Später, wenn's schöner wird. Vorläufig thut
mir's leid, daß ich nicht willfahren kann. Jetzt
kommen erst die mißfarbigen; denn es nöthigt mich
etwas, einen dunklen Grund zu legen.

Ihr seid unerbittlich wie das Schicksal. So thut denn, was Ihr nicht lassen könnt.

Einmal kann ich ihm die Speise der Jugend nicht sonderlich süß und schmackhaft machen; denn seine Eltern sind sehr arm.

Wie? da sagt Euer Bildchen die Wahrheit nicht. Die hübsche Tracht der Frau weiß nichts von Armuth, und das Zimmer sieht ja so blank=gescheuert und wohlhabend aus.

Bei diesem Einwurf ist Lucian etwas betroffen geworden. Er zündet sein Pfeiflein wieder an, raucht einige nachdenkliche Züge und erwidert dann: Reinlichkeit ist zwar auch Reichthum, gilt aber doch nichts im Pfandbuche, und ein Sonntagskleid hat jedes ordentliche Mädchen schon von Haus aus. Wenn sogar etwas Silber am Mieder glänzt, so kann deswegen doch Schmalhans Küchenmeister sein. Und sagt selbst, ist es nicht besser für unsern Kon=rad, wenn er in Armuth aufwächst?

Ja, das ist wahr, und zwar ohne alles weitere Raisonnement. Macht ihn also in Gottes Namen so arm wie einen Bettelstecken!

Wird nicht viel fehlen. Der Vater arbeitet

wacker auf dem Felde, und die Mutter läuft sich
die Beine lahm, um Butter oder Eier in Hüfingen
und Doneschingen zu verkaufen; aber mit allem
Fleiß und allen Entbehrungen kommen sie nicht
aus den Schulden heraus. Das sind die grauen
Fäden, und nun folgen die schwarzen, die Todes-
fälle, die oft rasch nach einander eine ganze Familie zerreißen. Der kleine Träumer, den wir auf
seinem künftigen Lebensgange begleiten, wird nicht
dreizehn Jahre alt, so verliert er Vater und Mutter hinter einander, und auch den ältesten Bruder
dazu, der sein Beschützer sein sollte.

Warum denn auch den noch? Räumt doch nicht
so gräßlich auf! Wie kommt denn der so unzeitig
um's Leben?

Der? Als Deutschfranzos unterm Napoleon.

Halt, halt, Meister Lucian, man muß den Teufel nicht an die Wand malen. Oder — ja so, nun
merk' ich's — Ihr seid ein rückwärts gekehrter
Prophet, und während Ihr mir weiß macht, daß
Ihr als Sterngucker in die Nebelflecken der Zukunft bringet, habt Ihr das andere Auge weit
offen und schaut Euch bequemlich in der vergangenen

Wirklichkeit um, wo man leider freilich graue und schwarze Fäden genug holen kann.

Wie soll ich's anders machen? Die Geschichte, heißt es, ist die Lehrerin der Völker. Soll ich Euch erzählen, wie es dem Kinde da gehen wird, so läßt sich das am Besten aus dem abnehmen, was —

Was etwa seinem Vater geschehen ist?

Wenigstens kann ich die Geschichte des Vaters mit mehr Sicherheit angeben, als die des Sohnes, und hoffe besser damit zu fahren, als mit der Nebelguckerei durch das zugedrückte Auge, denn ich kann die Geschichte gerade so erzählen, wie sie vorgefallen ist.

Ei, das ist ja um so viel besser. Da wollen wir also den Apfel in der Wiege liegen lassen und die Geschichte des Stammes vornehmen oder vielmehr fortsetzen, nachdem es zu Tage kommt, daß wir von Anfang an auf diesen zurückgerathen sind. Was macht auch ein Menschenalter ab oder auf im Volksleben aus? Das ist doch, wie seine Volksgeschichten, in neuer Auflage immer der alte Text. Wohlan denn, bleiben wir, wie wir begonnen haben, um eine Generation näher beim Urvater Adam stehen.

Darauf legt Freund Lucian die bereits wieder ausgegangene Pfeife weg, streicht sich den Schnurrbart und fährt in seiner Geschichte fort.

— Aus dieser lernen wir nun Land und Leute in der alten Berchtoldsbaar und im Heimathstädtchen unseres Künstlers kennen, das den heiligen Nepomuk auf der steinernen Bregachbrücke stehen hat und das Jakobifest, das Fest seines Kirchenpatrons, seit Urzeiten mit kirchlichen und bürgermilitärischen Würden und Ehren begeht. Weiterhin werden wir in die alte Roßbubenverfassung eingeweiht, nach welcher jedes Frühjahr beim Ausfahren aus einem allgemeinen Ringkampfe als Sieger vier Stilllieger hervorgehen, so genannt vom Stilleliegen, sofern sie nämlich auf dem grünen Rasen ihr Spielchen machen, während die Unterthanen die Rosse besorgen und ihren Vierfürsten die Pfeifen stopfen müssen. Nächstdem erfahren wir, daß der alte Haß zwischen dem armen Konrad und des reichen Vogts Mariann' nicht gerostet, sondern in die heißeste Liebe, keine Kohle so heiß, umgeschlagen ist. Die=

selbe offenbart sich in Wort und Bild, in länd=
lichem Liebesbriefsteller und dörflichem Rebus, wo=
bei unter andern Hieroglyphen sogar der grimme
Tod, bis zu welchem die Treue dauern soll, mit
jugendlicher Unerschrockenheit als sensentragendes
Knochengerippe abgebildet wird. Aber der Vogt
kommt hinter die Liebschaft und erbost sich über
den R . . er, was der gute Konrad auch als Er=
wachsener noch bleibt, weil er nämlich ein armer
Teufel ist. Es kommt zu einer Katastrophe und
beim Jakobifest zu einer zweiten, zu einer Schlä=
gerei. Auch geht ein nächtliches Gewitter über die
Scene, zu dessen Abwehr das am Palmtag geweihte
Scheit angezündet wird. Nicht minder tauchen
Gespenster auf: das Berchen=Appele in den Hüfin=
ger Wäldern, der Schnuufer auf der Entenburg,
die Nachtfrau, die um die Häuser schleicht, und der
schwarze, Unwetter verkündende Reiter am Fürsten=
berg; der alte Kaspar jedoch, der Abends im Herr=
gottswinkel dem Heimgartenkreise dergleichen zu
erzählen pflegt, schließt seine Geschichten gewöhnlich
mit der Bemerkung, der Krieg habe die Geister alle
vertrieben, drum höre man auch so wenig mehr davon.

Allein dieses Alles „steht in einem andern Buch,“ das unsere Anmerkungen hinter dem Texte dem Leser verrathen. Ein „wunderlich Capitel“ ist es aber darum nicht: im Gegentheil, es geht ganz vernünftig aus, denn sie kriegen zuletzt doch noch einander. Ein alter Vetter, der Riedbauer, der dem hölzernen St. Antonius glich und „wenig um einen Groschen sprach,“ hat auf seinem Tod=bette den gescheiden Einfall gehabt, den Konrad zu seinem Erben einzusetzen, und da dieser jetzt kein R . . . er mehr ist, so machen sich der Vogt und die Vögtin eine Ehre daraus, ihm ihre Tochter zu geben. Ueber's Jahr aber sitzt Frau Mariann' mit dem schwarz eingebundenen Buche an der Wiege ihres kleinen Konrad, während der große, ihr Herr und Oberhaupt, in die Kirche gegangen ist, zu wel=cher man durch das offene Fenster den alten Ka=spar, den Geisterseher, verspätet der Gemeinde nach=humpeln sieht. Dabei bleibt es unausgemacht, ob die stille Freundlichkeit der jungen Frau, die so eifrig in dem Büchlein liest, von dem Inhalt des=selben herrührt, oder ob ihr Blick so eben auf dem Rebusblättchen, das sie zum Andenken eingelegt

hat, verweilt. Nun aber hat uns der Kreislauf
des Lebens wieder zu dem Bilde geführt, von dem
wir ausgegangen sind, nur daß jetzt aus der Ver=
gangenheit die Zukunft erwachsen ist, und ein erst
beginnendes Geschlecht unter diesem Deckbettchen in
Schlafes Arme ruht. Wohl scheint ihm sanfter ge=
bettet, als seiner Vorwelt in der gleichen Wiege viel=
leicht, doch eingedenk der Schicksalswechsel, die den
Einzelnen wie ganze Völker treffen und selbst das
zähe Beharren des Volkslebens allmählich wandeln,
fragen wir zweifelnd, was wohl i h m an der Wiege
gesungen sein möge.

*　　*　　*

So haben wir damals, am fröhlichen Rhein,
mit Griffel und Feder zusammenwirkend das Ge=
schäft der Parzen an einer Wiege geübt. Fünfzehn
erinnerungsschwere Jahre liegen dazwischen, aber
immer noch lebt im Herzen die Zeit, wo einem
verwaisten Schwabenkind im schönen rheinischen
Lande, unter lieben Freunden, eine zweite Heimath
aufgegangen war — und ihr Andenken gleicht der
Bildseite der Stickerei.

Ein

Donnerwetter im Hornung.

Ein oberschwäbischer Bauer starb und hinterließ den Hof nach altem Brauch und Recht seinem Erstgebornen. Der Majoratserbe, oder kurz gefaßt, der „Bauer," Melchior mit Namen, zahlte seine Schwestern aus, da es ihnen glückte, sich zu verheirathen, und behielt den jüngeren Bruder bei sich.

Hans wuchs als Knecht, wie es herkömmlich ist, bei seinem Bruder auf; er war ein untersetzter Strunk mit unverschämt rothen Backen, fleißig wie ein Ochs und gutmüthig wie ein Engel. Dabei aber war noch etwas Besonderes an ihm, nämlich er hatte plötzliche Einfälle, von denen er selbst nicht wußte, wo sie herkamen. Da konnte ihm in aller Einfalt ein Gedanke kommen, und der mußte heraus, wenn er ihm nicht das Herz abbrücken sollte. War nun ein solcher Gedanke heraus, so schien es zunächst, als ob gar nichts damit geschehen wäre; allmählich aber wirkte er wie eine Bombe, die da platzt und überall hin einschlägt. Je mehr man ihm nachdachte, je vielseitiger und vieldeutiger wurde er, und immer gab es etwas dabei zu lachen, am meisten oft über den, der ihn ausgesprochen hatte; denn der gute Hans wußte gewöhnlich selber nicht, was er sagte, und wenn er's hintenbrein verstand, so war er darüber so gut wie die Andern in Verwunderung.

Deshalb verachteten ihn Viele um seiner Einfalt willen; Andere aber hielten ihn für einen Duckmäuser, der es faustbick hinter den Ohren habe; die fürchteten und haßten ihn.

Unter diesen war Laurian, der Oberknecht, ein schwerhöriger Mensch. Der verstand Hansens Einfälle am allerwenigsten, und darum ging es ihm, wie es manchen Leuten in diesem Falle geht: was er nicht verstand, das beleidigte ihn, weil er argwöhnte, es sei besonders auf ihn gemünzt. Doch konnte er seinen Ingrimm selten auslassen, da Melchior arglos und mit seinem Bruder zufrieden war. Nur suchte er ihm aus Tücke Arbeit aufzuladen, so viel er konnte; das war aber dem fleißigen Hans ein Kinderspiel.

So wäre es nun lange friedlich fortgegangen, wenn nicht ein neuer Knecht auf das Gut gekommen wäre. Der hieß eigentlich von Hause aus ebenfalls Hans, wie sein Namensbruder; aber weil er die Welt gesehen hatte und ein wenig „in Frankreich drein geweßt" war, so nannte er sich Jean und die Andern nannten ihn ebenso.

Dieser Jean war ein sehr aufgeweckter Kopf und ein scharfer Denker. Er hatte gleichfalls Gedanken, aber sie glichen Hansens Einfällen etwa wie ein spitziger Stein einem Ei. Denn wenn man einem Worte, das Hans gesagt hatte, genau auf die Fährte ging, so war neben allem Schlagenden und Beißenden doch immer wieder die Lehre vom „Leben und Lebenlassen" darin ausgesprochen, oder, um es deutlicher zu sagen, er wies mit seinen Einfällen immer nach, daß in gewissen streitigen Punkten eigentlich Alle Recht haben. Weil aber nicht Alle Recht haben können, ohne daß zugleich Alle wiederum Unrecht haben, so war eben dieser Widerspruch der wahre und eigentliche Grund, warum

Hansens Reden so sonderbar und in vielen Fällen so spaßhaft wirkten.

Etwas ganz andres aber war es, wenn Jean den Mund aufthat: der zielte nur nach einer Seite hin, wo er das Unrecht sah oder zu sehen glaubte, und diese Seite traf er auch immer ganz scharf und sicher. Daß die Dinge in der Welt gewöhnlich ihre zwei Seiten haben, das kümmerte ihn nichts, und auch die Andern, die ihm zuhörten, vergaßen es über seinen Reden, die Jedermann vortrefflich verstand; denn eben weil sie nur einen einzigen Sinn hatten und nur nach einer einzigen Seite gingen, deswegen waren sie auch so deutlich. Das hatte er in Frankreich „drein" gelernt. Weil aber die Franzosen nicht auf den Kopf gefallen sind, so hatte er in vielen Fällen Recht, nur zu= fällig nicht in allen. Sonderbarer Weise aber fürch= tete ihn Laurian, der Oberknecht, troß seiner schar= fen und deutlichen Worte lang nicht so sehr, als er Hansen wegen seiner undeutlichen Reden fürch= tete und haßte.

Freilich mußte er auch zusehen, wie der Jean beständig an diesem schürte und heßte. Zuerst schalt er nur auf die Küche, aber allmählich ging er immer weiter, bis er endlich den Hans belehrte, es sei eigentlich ein himmelschreiendes Unrecht, daß er seines Bruders Knecht sein müsse, und daß dem andern das ganze Erbe zugefallen sei.

Darauf bemerkte Hans, er habe freilich eben auch eine große Dummheit begangen.

Frage: Welche?

Antwort: Daß er zuletzt auf die Welt gekommen sei.

Diese Aeußerung schien dem Laurian sehr verdächtig.

Ei, sagte der Jean, wenn es aber in der Welt herginge, wie recht und billig, so müßte sein Bruder das Gut mit ihm theilen.

Darauf antwortete der Hans, mit einer solchen Theilung würde er nicht einmal vorlieb nehmen, wenn er einmal anfinge.

Frage: Warum?

Antwort: Wenn es in der Welt nach Recht und Billigkeit herginge, so wäre eigentlich er der Erbe, weil er der Jüngste sei.

Frage: Warum?

Antwort: Weil der Aelteste bis zum Tod des Vaters Zeit gehabt hätte, sich ein eigenes Gut zu erwerben, der Jüngste aber nicht. Deshalb, wenn's einmal zum Wollen komme, so wolle er lieber das Ganze, und so lang er das nicht haben könne, wolle er lieber mit Nichts zufrieden sein.

Der gute Hans hatte diese Worte mit einfältigem Lachen und Augenblinzeln vorgebracht. Er wußte nicht, daß ein solches Erbrecht des Jüngsten wirklich in einigen Gegenden bräuchlich ist. Laurian aber wußte es, und ihm wurde ganz angst und bange. Eilig lief er zu dem Bauer und berichtete ihm, was sein Bruder für gefährliche Reden führe.

Melchior war hochmüthig, wie ein Majorats= erbe zu Zeiten sein kann; über seines Bruders Reden und ihren Zusammenhang nachzudenken, war ihm zu weitläufig, und weil das Uebelnehmen eine bequemere Sache ist, so nahm er sie übel. Er gab ihm scheele Blicke und ließ ihm durch Laurian sa= gen, er solle einen Maulkorb vorhängen, oder er werde ihn aus dem Hause peitschen lassen.

Aus dem Hause wäre nun Hans nicht gerne fort gewesen, denn einen Bruder hatte er nur ein=

mal in der Welt; aber das Verbot machte ihm schwer zu schaffen. Denn da er niemals darüber nachgedacht hatte, welche von seinen Reden genehm seien und welche nicht, so wußte er jetzt gar nicht mehr, was er mit seiner Zunge anfangen sollte. Reden muß doch auch der schweigsamste Mensch von Zeit zu Zeit; es schickt sich ja doch z. B. nicht, die Antwort auf eine Frage schuldig zu bleiben.

Aber bei allen solchen Gelegenheiten kam Hans schlecht weg, denn Laurian's unermüdliche Spürnase wußte aus jedem Wort etwas Verfängliches heraus= zuwittern. Noch schwerer aber machte Hansen sein französischer Namensbruder zu schaffen: der war natürlich ganz auf seiner Seite, und eben darum deutete er ihm seine Reden so arg oder noch ärger als Laurian, pur um den und den Herrn zu ärgern oder in Schrecken zu setzen. Jean hatte zwar auch ein festes Siegel auf seinen Mund bekommen, aber wer konnte diesen Schnabel stopfen? Der brachte immer wieder etwas durch.

Also war ein förmlicher Mißdeutungskrieg aus= gebrochen, und der arme Hans, der seinem Herzen nicht mehr Luft machen konnte, war gar übel dran.

Das Jahr ging zu Ende, die langen Abende kamen, und so früh man auch bei den Bauern zu Bette geht, so waren sie eben doch lang, und je stummer sie waren, desto länger wurden sie. Hans that am Ende den Mund nicht mehr auf; er ging wie ein Schatten umher und beschäftigte sich stillschweigend damit, Späne zu schnitzen. Aber auch dieses Handwerk fand Laurian bedenklich: das Messer war ihm zu scharf, und mit den Spänen konnte man ja das Haus anzünden. Deshalb nahm er sie ihm am Ende ab und schnitzte die Spähne selber.

Hans hatte nur noch einen Trost, aber er war so dumm, ihn vor der Zeit auszuschwatzen. Ich freu' mich nur auf die Fastnacht! brummte er dann und wann vor sich hin: da will ich das Maul brauchen.

Solche Worte nahm sich Laurian sehr zu Gemüthe, und ehe Hans etwas davon träumte, hatte er ihm schon einen starken Riegel vorgeschoben. Der freute sich fort und fort, und das Ziel seiner Freude kam allermittelst immer näher; die Fastnacht fiel diesmal früh, schon in die ersten Tage des Februars.

Es war ein uralter Brauch in jener Gegend, daß die Herrschaft ihr Gesinde drei Tage lang auf's Reichlichste bewirthete. Die Ordnung ist in diesen Tagen umgekehrt: Bauer und Bäurin tragen auf, Knechte und Mägde, vom Oberknecht bis zum Hirtenbuben, und von der Altmagd bis zur kleinsten Dirne, sitzen in zwei Reihen als die Herren am Tische. Dazwischen wird getanzt, und dann wieder aufgetragen, daß der Tisch brechen sollte. Natürlich darf man dann auch ein wenig weiter noch verkehrte Welt spielen: die geringste Stallmagd, der kleinste Hirtenbube hat das Recht, dem Bauer oder der Bäurin zuzutrinken, und es wäre diesen nicht zu rathen, das zugebrachte Glas abzuschlagen.

Auf diesen Tag hatte Hans alles, was sich in seinem Kopf und Herzen regte, zusammengespart: das war die Gelegenheit, wo er „sein Maul brauchen" wollte. Laurian aber hatte gehandelt wie Jener, der sich einäugig wünschte, um seinen Nebenbuhler blind zu machen, und Melchior war witzig genug gewesen, seinen Einflüsterungen nachzugeben.

Wer da weiß, welch eine gefährliche Neuerung es ist, eine uralte geheiligte Sitte abschaffen zu wollen, der kann ermessen, wie groß Laurian's Pflichtgefühl oder Bosheit gewesen sein muß, als er sein eigenes Recht aufzuopfern beschloß, nur um zugleich auch seinen Mitknecht um dasselbe zu bringen.

Endlich war der Tag, wo die Welt sich hätte umkehren sollen, herangekommen; aber das Essen wurde auf die gewöhnliche Weise aufgetragen, und das Gesinde setzte sich mit fragenden, sonderbaren, unzufriedenen Blicken an den Tisch. Niemand äußerte etwas; bloß zwei Mägde flüsterten ein wenig zusammen, fuhren aber vor einem strengen Blicke Melchior's verschüchtert zurück. Die Bäurin, der es gar nicht wohl bei der Sache war, machte sich in der Küche zu thun und kam nicht herein.

Hans blieb vorerst unsichtbar, und erst gegen das Ende der kurzen Mahlzeit erklärte sich dieses Räthsel. Da kam unter einem lustigen Narrenschrei ein Wurf Aepfel zur Thüre herein geflogen, und hinter den Aepfeln drein der Vermißte im Hanselkleide, das ist in einer abenteuerlichen, bunten, weiten Tracht, auf dem Kopfe eine Kapuze mit höl-

zerner Larve und hinten herabhängendem Fuchs=
schwanz, und über Brust und Rücken zwei sich
kreuzende Riemen, woran eine Menge von Schel=
len klingelten.

Mit einem Sprung war er in der Stube, sah
aber alsbald, daß die Sachen nicht aussahen, wie
sie von Gott und Rechtswegen aussehen sollten,
und blieb mitten in der Stube stehen. — Ja —
was — ist denn aber das? stammelte er endlich
und blickte verwundert links und rechts.

Was soll's mit der Narrethei? rief Melchior
barsch. Er fühlte, daß dies der entscheidende Augen=
blick sei, und ein dumpfes Bewußtsein sagte ihm,
daß er nicht zögern und hinter dem Berge halten
dürfe.

Ha — was wird's denn sollen? sagte Hans,
seinen Bruder verdutzt anstarrend.

Melchior winkte dem Oberknecht, und Laurian
bereitete sich alsbald, eine Rede zu halten, worin
der neuste Beschluß mit „Wasmaßen“ und allen
gebürenden Umständlichkeiten weitläufig vorgetragen
werden sollte. Da er aber häufig stecken blieb und
die Rede auch sonst in Räuspern, Husten und

Schneuzen beinahe ganz verloren ging, so hat die Geschichte von diesem merkwürdigen Actenstücke nichts aufgezeichnet.

Hans, der auch ohne Worte wohl verstand, was die Glocke geschlagen, sah seinen Bruder mit einem unaussprechlichen Blicke an. Dieser nickte nicht bloß zur Bestätigung, sondern schlug auf den Tisch und rief: Und kurz und gut, mit den Narretheien soll's aus und vorbei sein. Und wenn dir's nicht recht ist, so kannst du meinetwegen zum T — gehen.

Drei Blicke sandte Hans aus seinen Augen, einen auf Melchior, einen zu Boden, einen gen Himmel, und dann war er nicht mehr unschlüssig, was er zu thun habe. Er warf die Kapuze sammt Larve und Fuchsschwanz ab, schleuderte den Aepfel-korb in die Stube und hatte im selben Augenblicke seinen Bruder gefaßt. Wenn ich das Maul nicht brauchen darf, so muß ich ja die Faust brauchen! rief er mit desperatem Gelächter: du Kaib! du Ochs! du — und bei jedem Titel regnete es eine Tracht von Prügeln — wart, ich will dir das Verständniß aufthun!

Die Mägde schrieen, als ob man sie am Messer hätte; aber keine rührte einen Finger. Die Bäurin, ein furchtsames Weib, lief mit einem Zetergeschrei aus der Küche nach dem nächsten Hofe, der aber eine gute Viertelstunde entlegen war, um Hilfe zu holen. Nur Laurian kam zum Beistande herangestolpert. Hans gab ihm, ohne seinen Bruder loszulassen, einen Fußtritt; Laurian wurde die Stube entlang auf Jean geschleudert und flog mit diesem in eine Ecke, wo sie einen Kartoffelsack umwarfen. Zum Ueberfluß fiel noch ein Korb mit Tannenzapfen vom Gesims herab, der Sack war aufgegangen, und nun balgten sich die beiden mit einander unter Kartoffeln und Tannenzapfen herum.

Hans hatte sich inzwischen auf's Angelegentlichste mit Melchior beschäftigt. Nachdem er ihn windelweich geschlagen, nahm er ihn und setzte ihn an den Tisch, daß die Bank krachte, bedräute ihn, sich nicht zu rühren noch zu mucken, und holte geschwind einen großen Krug Wein. Dann setzte er sich zu seinem Bruder an den Tisch, und wie er sich etwas verschnauft hatte, nahm er einen weiblichen Schluck zu sich; darauf bot er den Krug seinem

Bruder mit den Worten: So, Bauer, jetzt ist dir's zubracht, von mir! Willst oder willst nicht?

Melchior, der ihm mit Furcht und Zittern zugesehen hatte, nahm den Krug bereitwillig und trank.

Siehst du nun, Bruderherz, daß es besser ist, man braucht das Maul, denn die Faust? fuhr Hans fort. Jetzt hast du die Wahl. Wenn du mich nach Diesem aus dem Haus haben willst, so behüt' dich Gott und geb' dir Regen und Sonnenschein, alles zu seiner Zeit. Willst du aber die Prügel vergessen und meine Grobheit für eine Höflichkeit aufnehmen, so will ich bei dir bleiben und will dir dienen, accurat wie bisher. Jetzt, was ist deine Meinung? An dir ist's, denn du bist Herr im Haus.

Melchior ergriff den Krug und erholte sich Raths bei ihm. Nachdem er unergründlich getrunken hatte, sah er seinen Bruder lange an. Endlich öffnete er den Mund und sprach, wie wenn eine vollständige geschichtliche Erörterung zwischen ihnen stattgehabt hätte: Sieh, Hans, du hast Recht. Ich glaub', mir ist ein Verständniß aufgegangen. Jetzt

komm, thu' mir den Gefallen, jetzt muß es über
die Zwei da hinaus.

Laurian und Jean, die sich indeſſen aus den
Tannenzapfen aufgerafft und ſtumme Zuſchauer
abgegeben hatten, waren alsbald unter den Hän=
den der beiden Brüder. Dieſe aber hatten ſo un=
ter ſich getheilt, wie man denken kann. Hans hatte
nämlich den Laurian auf ſich genommen, und
während er dieſen bearbeitete, rief er beſtändig:
Jean, wehr' dich! Melchior dagegen hatte ſich auf
den Jean geworfen und rief: Laurian, wehr' dich!
Er rief aber nicht lang, denn der Jean ſtellte ſei=
nen Mann und machte ihm gewaltig zu ſchaffen,
ſo daß, während Hans den Laurian unwiderſtehlich
und in wahrhaft trunkener Luſt zerdraſch, das
Zünglein des Sieges zwiſchen den beiden Andern
ſchwankte.

Nachdem ſie ſo ziemlich gleich viel ausgetheilt
als eingenommen hatten, ſchloßen ſie Waffenſtill=
ſtand und blickten einander bedeutungsvoll in die
Augen. Auch hier bedurfte es keiner Worte, ſon=
dern in ſtillſchweigender Verſtändigung wandten
ſich die beiden Kämpfer, die einander nichts abge=

winnen konnten, auf einmal gegen den Laurian, über welchem Hans so eben ein wenig Feierabend gemacht hatte. Hans, da er diese neue Wendung der Dinge sah, that einen deckenhohen Sprung vor Freuden, und machte sich unverweilt mit den beiden Andern wieder über den Gegenstand des allgemeinen Einverständnisses her. Um es kurz zu sagen, Laurian war in eine förmliche Walkmühle gekommen und wurde mit einem Takt, einer Ord= nung und Regelmäßigkeit behandelt, die nichts zu wünschen übrig ließen.

Als die Nachbarn endlich mit der Bäurin in die Stube drangen, fanden sie die vier Männer, von welchen drei sehr guter Dinge waren, um den Weinkrug am Tische sitzen, und hatten weiter nichts zu thun, als sich zu ihnen zu gesellen. Das übrige Gesinde wurde jetzt auch herzugerufen, und der Tag nach altem Brauch beschlossen. Die Bäurin mußte aber allein aufwarten, denn Melchior war zu mürb geschlagen, als daß man ihm hätte zu= muthen können, sich von seinem Platz zu rühren.

An diesem Tage wurde das alte Herkommen durch einen feierlichen Vertrag befestigt. Hans und

Jean gelobten ihrem Oberherrn pünktlichen Gehor=
sam das ganze Jahr hindurch. Er aber hat ihnen
das Recht eingeräumt, ein Narrenbuch über ihn zu
halten, das er sich in der Fastnacht von ihnen
vorlesen lassen muß. Auch haben sie geschworen,
daß er sich dabei werde viel gefallen lassen müssen.
Laurian aber ist ganz still geworden und macht ein
Gesicht, als verstünde er die Welt nicht mehr.

* * *

Obige Dorf= oder vielmehr Hofgeschichte· hat
sich im gesegneten Jahr des Herrn 1845 ereignet.
Wie nun eine noch so wahre Geschichte gelegentlich
etwas Sinnbildliches mit sich führen kann, so wollte
man auch in der gegenwärtigen, als sie damals zur
Sprache kam, ein ganzes Nest von politischen Anspie=
lungen finden. Nahe genug lag allerdings die Be=
ziehung auf die Censur, die ewig unvergeßliche, um so
näher, als diese gerade dazumal selbst die harmlo=
sesten Fastnachtsschwänke, Hochgefährliches dahinter
witternd, meuchelte. Weniger einig war man darüber,
welcher allegorische Sinn etwa den einzelnen Per=
sönlichkeiten, die das Geschichtchen aufführt, unter=

legt werden könnte; in vertrauter Gesellschaft wurde eines Abends viel gestritten und Manches nur leise geflüstert. Daß das Sinnbildchen eine Prophezeiung und zwar, besonders schon in Betracht der so aufwieglerischen Censur, gar keine unwahrscheinliche enthalte, das schien zweifellos. Auch ließ die Erfüllung nicht lang auf sich warten, denn nur drei Jahre nachher brach wirklich, merkwürdig genug, ein Donnerwetter im Hornung aus, das, wie man auch von seinem Verlauf urtheile, nicht spurlos vorübergegangen ist. Ob aber die Elemente, deren Schatten man in dem kleinen Drama, wenn es nun einmal eine Allegorie sein soll, erkennen mag, ob sie in der angedeuteten Weise sich versöhnt und verständigt haben, darüber wird vorderhand das Protokoll offen zu behalten sein, oder vielmehr, die Beantwortung der Frage wird von der weiteren Frage abhängen, ob der böse Genius Laurian, der am Tage der Erfüllung seine richtigen Schläge erhielt, seitdem mit Haut und Haar von der Bühne verschwunden ist.

Jugenderinnerungen.

ätte ich den Wink des Genius verstan=
den, so möchte es vielleicht gut gewesen
sein, denn er erschien mir als Gespenst am
hellen Tage, und obendrein in der Kirche.

Eines Sonntags in der letzten Zeit meiner
Schuljahre wohnte ich dem Vormittagsgottesdienste
bei, zu welchem wir Schüler regelmäßig erscheinen
mußten, um Thema und Disposition der Predigt,
wo möglich auch einen Auszug aus derselben, nach=
zuschreiben. Wir hatten dieser Aufgabe eine Zeit
lang in der für die Katholiken eingerichteten Ka=
pelle obgelegen, weil dort viel kürzer und kurzwei=
liger geprebigt wurde, waren aber, nach einer
Connivenz von etlichen Wochen, wieder zur Kirche
unserer Confession herbeigezogen worden.

Der Prediger, der an diesem Sonntag auf die

in dem großen Kirchenschiffe freistehende Kanzel trat, war keine der an dieser Stätte gewohnten Erscheinungen: eine jugendliche lange Gestalt mit tobtenbleichem Gesicht, glühenden Augen und wilden Locken. Er begann. Wir Knaben saßen mit aufgehobenem Bleistift da, um bei den bekannten hergebrachten Wendungen das Nöthige für unsern Hausbedarf festzuhalten. Aber verlegen und immer verlegener sahen wir einander an; es kam kein Signalzeichen, und wir fuhren, vor uns und hinter uns Unendlichkeit, mit der Stange im Nebel herum, ohne etwas auf das Papier zu bringen. Die Sprache war deutsch, so viel verstanden wir, aber sonst faßten wir nichts davon.

Als wir unglückliche Berichterstatter am Montag in die Schule kamen und unsere Aufzeichnungen sehen lassen sollten, hatte Keiner einen Buchstaben aufzuweisen. Der Lehrer aber ließ die Sache mit einem stummen vielsagenden Nicken und ohne den gefürchteten Verweis bewenden. Die biderben Bürger waren wüthend über den jungen Prediger, und schwuren ihn von der Kanzel herabzureißen, wenn er noch einmal ihre Marienkirche zu vertheib-

nigen wage. Er hatte, wie man sich heimlich in
die Ohren sagte, Philosophie geprebigt. Dieser
Jüngling, der meines Wissens nur das Eine Mal,
und zwar diesfalls invita Maria wie invita Minerva, persönlich an mir vorübergegangen ist, war
Wilhelm Waiblinger, dessen Vater, ein Re-
gierungsbeamter, in unserer Stadt ansäßig war.
Sein Schicksal führte ihn bald darauf nach Italien, von wo er nicht wieder in das Vaterland zurückkehren sollte.

Ungewarnt durch dieses Gesicht, eilte ich kurze
Zeit hernach gleichfalls der Prophetenschule zu, um
in verschiedenen mehr oder weniger heidnischen
Fächern den Grund zum künftigen geistlichen „Leider auch“ zu legen.

Die Pflanzstätte, in die ich mit meinen Altersgenossen „eingeliefert“ wurde, war das berühmte
Kloster im Kraichgau, das aus dem mißverstande-
nen Mühlbrunnen, an dem es gegründet ist, den durch
die nachträgliche Sage aufgeschmückten Maulesel-
namen geschöpft hat. Es bot uns bei unserem Ein-
tritte nicht wenige Gegenstände der Ehrfurcht und
des Staunens dar. Die Kirche, deren Bauart da-

mals noch byzantinisch hieß, war zwar gewöhnlich
geschlossen, stand uns aber dessen ungeachtet offen,
da der Meßner, zugleich unser Hausschneider, uns
mit seinem großen Schlüsselbunde allezeit hold und
gewärtig war. Mit frommer Scheu betrachteten
wir im Chor die steifen, von den Franzosen ent=
nasten Steinbilder des Ritters, der das Kloster
gestiftet, und des Bischofs, der es geweiht und be=
gabt. Noch mehr als das Schnitzwerk der Stühle
bewunderten wir die tiefen Kniespuren, welche die
Andacht der alten Mönche in Holz und Stein hin=
terlassen hat. Die Grabsteine mit ihren Inschrif=
ten gaben Beschäftigung für Monate. Eine in der
Seitenhalle des Schiffs am Boden liegende Stein=
platte erzählte uns, wie man im zwölften Säculo
Wort und Eid vortheilhaft zu halten wußte, indem
die Mönche, von den bösen Nachbarn beim Bau
des Klosters betroffen und zum Schwur der Nicht=
vollendung gezwungen, den letzten Stein uneinge=
mauert ließen und den verblüfften Räubern diesen
Stein liegen zu lassen versprachen bis auf den
jüngsten Tag. Zwei einander gegenüberstehende
Controverskanzeln erinnerten an die Wandelbarkeit

nicht bloß weltlicher, sondern auch geistlicher Dinge, an die Bewegungen der Reformation, die Religions= gespräche, die von den benachbarten Fürsten und ihren Theologen in Maulbronn gehalten wurden, und an die wiederholte Austreibung der hartnäcki= gen alten Conventualen. Noch flüsterte die Sage von den ungeheuren Schätzen, die sie bei ihrer Flucht vergraben haben sollten, und von geheimen aber vergeblichen Anstrengungen sowohl der besitzen= den als der vertriebenen Partei, dieser Schätze hab= haft zu werden.

Auch wir stöberten fleißig nach Schätzen, aber nicht nach solchen, welche die Goldgier reizten. So oft wir's möglich machen konnten, trieben wir uns in dem Kreuzgang umher, aus dem man in das von Kirche und Kloster umgebene schattige Gärt= chen blickt. Da schwelgten wir in der Schönheit der alten Bauformen, und hatten unsere besondere Lust an dem prächtigen Bacchus, der an einer der Säulen als tonsurirter Mönch, aber nicht im Mönchsgewande, sondern in der ungenähten Bacchus= tracht, auf einer Traube reitend und Trauben schmausend ausgehauen ist.

An den Kreuzgang stieß das Refectorium mit seinen Gemälden und seinem Wald von schlanken Säulen, alles mit schnödem Gerümpel erfüllt. Ein glücklicher Zufall fügte es, daß bei einer Platten=legung im Kreuzgang eine steinerne Mulde, ver=muthlich der Sarg eines alten Abtes, ausgegraben und aufrecht an das hohe Fenster des Refectoriums angelehnt wurde, so daß wir eine Art Freitreppe, aus einer Riesenstaffel bestehend, zum Einsteigen in die versperrte Halle hatten. Wir lernten sie bald auch in der entgegengesetzten Richtung be=nützen, um nächtliche Befreiungsflüge aus unserer Clausur zu machen. Es konnte uns nämlich nicht lang entgehen, daß vom großen Hörsaal eine steinerne Wendeltreppe in die herrliche Rumpelkammer hinab=führte, aus welcher wir sodann mit Hilfe des Sar=ges ziemlich geräuschlos in den Kreuzgang gelang=ten, der mit dem einen Ende frei nach dem großen Platze mündete. Eine schadhafte Stelle in der Ring=mauer hatte sich unserem Forschungseifer längst bei Tage dargeboten, und so glückte es uns, im Zwin=ger die Wasserleitung zu ersteigen, die vom See nach der Mühle ging. Hier ließen wir, „von allem

Wissensqualm entladen," das Kloster tief unter uns, um „auf Bergeshöh'n mit Geistern zu schweben," im Mondlicht durch die wundervollen Buchenwälder zu gehen, oder an den stillen Seen zu lagern, auf deren Spiegel die Gestirne ruhten.

Dieweil aber „zwei Seelen, ach!" in der Brust des sündigen Menschen wohnen, so mußte die zwote den nächtlichen Zauberflug der ersten nach ein paar Jahren paradiesischen Hausens an Wald und See immer mehr abzukürzen und nach einem Orte zu lenken, wo sie, die Doppelseele, „in derber Liebeslust," „mit klammernden Organen," einen schlanken Hals umspannen und entkorken konnte. Warum aber hatte auch Bischof Günther unsern heiligen Vorgängern die Villa Elfingen, Hof und Berg, vergabt, warum hatte Kaiser Rothbart lobesan dem Kloster dieses Reichslehen überlassen, auf welchem die Perle aller Schwabenweine, der milde und doch so geistreiche Elfinger, wächst!

Doch nicht allein in die Weite und Breite, auch in die steile Höhe sind unsere Entdeckungsfahrten gegangen. Nachdem wir alles Erforschbare im Kloster durchforscht — nicht zu vergessen der

Schätze hinter der schweren eisernen Thüre der Klosterbibliothek, besonders der Chronik Turpin's, und des sechsten Buches Mosis; das wir aber bloß von weitem an der Kette zu sehen bekamen — verstiegen wir uns in jene luftigen Regionen, wo man sonst nur melancholische Kater wandeln sieht. Wir lernten nämlich einen Theil des Vierecks, das die Kirchen= und Klostergebäude bildeten, zu Dache begehen. Schon hielten wir uns für die ersten Entdecker einer neuen Welt, als eine sehr uner= wartete Entdeckung, nämlich ein in dieser Höhe wohlverwahrter und mit einer Widmung an die Nachwelt begleiteter Bücherschatz, uns erzählte, daß Andere vor uns an dieser Stelle gewesen seien. Uns war wie Reisenden zu Muthe, die an einem fernen Strande, oder auf einer unzugänglich ge= glaubten Gebirgsspitze Spuren menschlicher Ge= schichte finden. Auch feierten wir das glorwürdige Ereigniß nach Gebühr. Wir brachten die Stiftung, nachdem wir treulich von ihr Gebrauch gemacht hatten, mit andern Büchern vermehrt und mit einer neuen Widmungsurkunde für die folgenden Generationen versehen an den alten Ort zurück,

und begingen diese Handlung mit einem auserlese=
nen Stiftungsfeste. Die Kirche hat eine schöne
Vorhalle mit sechs Portalen, Paradies genannt;
auf dieser ruht, unter dem Frontispiz der Kirche,
ein ziemlich flaches Dach. Hieher kamen wir vom
Kloster herüber mit Geigen und Flöten gestiegen;
ein anderer Theil stellte sich mit seinen Instrumen=
ten unten auf dem vor dem Paradies gelegenen
Turnplatze bei den breiten Linden auf, und so ver=
anstalteten wir, in Wechselchören einander erwidernd,
ein gewiß nicht oft dagewesenes Concert.

Aber noch ein ganz anderer Fund sollte unsere
Dachstudien krönen.

Oberhalb des Fensters, das unsern Operatio=
nen als Ausgangspunkt diente, erhoben sich die
Dächer der Klostergebäude amphitheatralisch über
einander zu einem Labyrinth, das nothwendig den
Unternehmungsgeist reizen mußte. Kletternd und
rutschend, einer vom andern geschoben oder gezo=
gen, strebten wir durch eine aufrechte Dachrinne
zu unbekannten Höhen empor, und gingen dann in
einer andern wagrechten, zwischen einem hohen Dach
und der Wand eines anstoßenden Gebäudes einge=

mauerten Rinne hinter einander hin. Da fesselte eine Oeffnung in der Wand unsere Aufmerksamkeit. Wir wußten nicht, war es ein Fenster oder eine kleine Thüre. Einer um den Andern sah hinein, aber unsere Blicke sanken haltlos in ägyptische Finsterniß. Ebenso merkte der prüfende Fuß alsbald, daß es nicht sowohl hinein ging, als vielmehr hinab. Hinab also! rief das Haupt der Schaar, dem wir auf unserer Polarfahrt Gehorsam geschworen hatten.

Aber „wer wagt es, Rittersmann oder Knapp?" Das Gemäuer da konnte hohl sein bis auf die Grundmauern, und dann mochte der Sprung übel bekommen. Unser Anführer jedoch war nicht der Mann, sich von Bedenklichkeiten aufhalten zu lassen. Er verdiente seine Wahl. Hatte er doch erst gestern auf der höchsten der Linden, die den Turnplatz beschatten, sein Meisterstück gemacht: er hatte sie bis in den Wipfel erklettert; so schlank und leicht er war, so brach dennoch der dünne Wipfel mit ihm, aber in der Hälfte des Falls ergriff er gleichmüthig einen Zweig, an dem er so eben vorüberschlug, hielt sich fest und kletterte noch einmal hinauf.

Seine redlichen Gemüthseigenschaften abgerechnet, konnte man ihn durchaus mit einer Katze vergleichen.

Hinab! rief er und war in der Nacht verschwunden; doch hörten wir zu gleicher Zeit, daß der Sprung nicht allzu tief gegangen war. Höchstens sechs Schuh hoch! rief er lachend herauf, und wie die Heruler oder die sieben Schwaben in's blühende Leinfeld, hüpften wir einer um den andern nach. Wer ungeschickt aufsprang, der fiel — Verfasser dieses kann es bezeugen — auf weichen Schutt. Unsre schwarzen Kleider, die seit nicht allzu langer Zeit an die Stelle der protestantischen Klosterkutten getreten waren, mögen bei diesen archäologischen Bemühungen wohl auch zu Alterthümern geworden sein.

Durch eine schmale Lucke fiel ein Streifen vom Tageslicht auf eine Stelle an der Wand, und in dem Lichtschimmer erschien — ein dunkelrother Flecken. Salve, Fauste! ertönte es im Chor, und ein dumpfer Wiederhall antwortete von den Wänden. Wir wußten nämlich wo wir waren.

Daß wir uns in unserem Kloster auf klassischem

Boden der Faustsage befanden, hatte uns die dort fortlebende Ueberlieferung längst gesagt. Nur eine Stunde von hier geboren, wenn die Angabe richtig ist, wurde Faust (der aber halbwegs Sabel ge= heißen zu haben scheint, wovon an seinem Ort das Weitere) vom Abt Entenfuß, einem Jugendfreunde, aus seinem fahrenden Scholastenleben erlöst und in das Kloster aufgenommen, wo er ein Gemach zu seinem Laboratorium angewiesen erhielt. Der Gastfreundschaft soll jedoch einiger Eigennuß beige= mischt gewesen sein, sofern der von einem starken Baugeist besessene und deshalb in steter Geldklemme schwebende Prälat auf die Goldküche seines Gastes gerechnet habe. Jedenfalls vergalt ihm der Doctor Drudenfuß sein Vertrauen mit großem Gestank, denn er beging die Unanständigkeit, sich mitten im Kloster vom Teufel holen zu lassen, worauf sein hochwürdiger Freund sich auch nicht länger halten konnte, sondern „wegen üblen Hausens" den Krumm= stab niederlegen mußte.

Dieses Teufelholen scheint beiläufig, in Betracht der Oertlichkeit, nicht so einfach gewesen zu sein, wie man vielleicht im täglichen Handel und Wandel meint:

denn abgesehen von den anatomischen Weitläufig=
keiten, die es der Sage nach den Teufel kostete,
bis er dem Doctor seine arme Seele ausgerupft
hatte, wie muß er sich nur abgearbeitet haben, ihn
durch die enge Fensterlucke hindurchzubringen, um
ihn, was doch vermuthlich im Kloster nicht erlaubt war,
in den Lüften herumzuwirbeln und zu zerreißen.
Die Gelehrten des sechszehnten Jahrhunderts müs=
sen sehr mager gewesen sein: ein Marder von nur
einigermaßen günstiger Lebensstellung fände wohl
den Ausgang zu schmal. Auch muß ihn der Kopf
gehindert haben, da er sich, sowohl nach der Sage
als nach dem Augenschein, bemüßigt fand, densel=
ben vorher an der Wand zu zerschmettern. Von
dieser Maßregel nämlich rührt der dunkle Flecken
her, welcher, ebenfalls der Ueberlieferung zufolge,
sich unvertilgbar bis auf den heutigen Tag erhal=
ten hat.

Das Wahrzeichen schlug jeden Zweifel nieder:
wir standen in Doctor Fausti Gemach! Die Däm=
merung, in welche sich die Nacht allmählich für
unsere Augen verwandelt hatte, ließ uns in der
öden, nicht sehr geräumigen Zelle nur nackte ver=

fallene Wände und über uns ein flaches Gewölbe erkennen. Was die Augen nicht unterscheiden konnten, das fühlten wir um so deutlicher unter den Füßen, nämlich einen unebenen, reichlich mit Schutt bedeckten Boden.

Dennoch war gerade dieser dunkelste Theil des Orts bestimmt, uns zu neuen Entdeckungen zu leiten. Mit Schrecken bemerkte Einer in der Mitte des Gemachs ein viereckig ausgemauertes Loch, in das er beinahe hineingetreten wäre. Er kniete nieder und streckte den Kopf hinab, ob in dem Abgrund etwas zu erspähen sei. Auch dort, tief unter uns, hatten ein paar verlorne Strahlen vom Tageslicht irgend woher Zutritt gefunden, und schienen unschlüssig in der Finsterniß umherzuhuschen.

Eine Weile hatte unser Forscher seiner Untersuchung obgelegen, da sprang er plötzlich auf, holte tief Athem und beobachtete ein räthselhaftes Stillschweigen. Neugierig kauerte ein Anderer nieder, stieß aber bald einen Schrei aus und fuhr mit Entsetzen auf. Todtenköpfe! rief er: ein ganzer Haufen gebleichter Todtenköpfe liegt da unten!

Einer um den Andern drängte sich jetzt herzu und Jeder sah die Todtenköpfe.

Das war nun freilich eine schauerliche Entdeckung, aber eben darum nicht ohne Reiz. Wir mußten uns um jeden Preis Gewißheit verschaffen, und selbst der Gedanke, die Schätze der alten Mönche in dem Verließ zu finden, hätte uns schwerlich mehr beschäftigen können, als die Anwesenheit der Todtenköpfe. Der Behendeste von uns kroch den Rückweg an, um eine Laterne und eine lange Schnur zu holen, während die Andern ahnungsvoll zur Stelle blieben.

Als er zurück war, wurde mit zitternder Ungeduld Licht gemacht und die Laterne in den geheimnißvollen Schlund hinabgelassen. Anfangs beleuchtete sie einen Mantel von schönen Quadern, dann schwebte sie in der unendlichen Nacht, unkenntliche Mittelbinge zwischen Sein und Nichts tauchten in ihrem flackernden Schimmer auf, endlich erreichte sie den Grund und blieb unbefangen auf dem Hügel stehen, den wir für einen Haufen Todtenköpfe gehalten hatten, und der sich jetzt, durch das Licht der Wahrheit auf natürliche Gestalt und richtiges

Maß des Daseins zurückgeführt, in ein Lager von frischen, kerngesunden Krauthäuptern verwandelte.

Ein das Gewölbe erschütterndes Gelächter brach los, das eine ohnehin schon schmerzlich gestörte Colonie von Fledermäusen vollends zur Verzweiflung brachte. Bald aber kam die Reihe der Bestürzung an uns selbst, denn auf einmal wurden in dem Verließe unter uns Stimmen laut, und wir glaubten sogar einen herzhaften Fluch zu vernehmen. Eilig zogen wir die Laterne herauf, die uns nun einen zuvor nicht geahnten Ausweg zeigte, nämlich eine steinerne Wendelstiege, dergleichen in alten Gebäuden so manche zu finden sind.

Mit freudigem Gepolter salvirten wir uns hinab, aber die Freude endete sammt dem Rettungsweg an einer vermauerten Thüre. So leise als möglich, denn die Stimmen schienen immer näher zu kommen, schlichen wir in das verwünschte Mauerloch zurück, wo wir uns zur geordneten Flucht entschließen mußten, die trotz alles Herzklopfens nur langsam zu bewerkstelligen war. Vor der mannshohen Oeffnung, durch die wir hereingesprungen waren, mußte sich der Längste aufstellen; an diesem kletterte der Turnmeister hinaus, und nun konnte den Andern von außen und von innen Hilfe geleistet werden, bis auf den Letzten, der mit vereinten Kräften heraufgezogen werden mußte. Alles lief glücklich ab, wir hörten nichts mehr, verfolgten unsern Katzenweg nach dem Dorment zurück, und verhielten uns mäuschenstill.

Den andern Tag war am Thore, dem einzigen, das in die damals noch ungebrochenen Klostermauern führte, ein Placat angeschlagen, besagend, daß gestern durch eine Rotte Banditen ein ausgezeichnet frecher Einbruch im Keller des Oberrichters versucht worden sei; bei Annäherung der Hausgenossen seien die Diebe auf unbegreifliche Weise verschwunden, und da man sonach vermuthen müsse, daß der Keller einen geheimen Zugang habe, so werde hiemit ein Preis von X Gulden auf die Entdeckung gesetzt.

Die Todtenköpfe drohten uns unsere eigenen zu kosten. In unsern Ringmauern hatten nämlich außer den Klosterangehörigen auch die Gerichts-, Verwaltungs- und Rechnungsbehörden des Amtes ihren Sitz, und einige der Klostergebäude waren ihnen eingeräumt. Unser Justizmann aber war ein strenger dicker Potentat aus der alten inquisitori= schen Schule, an dem es gewiß nicht lag, wenn die Tortur nicht wieder hergestellt wurde. Er war so dick, daß, wenn er sich in's Fenster legte, ihm das Umdrehen beschwerlich fiel. Wurde also in einem solchen Augenblicke ein Delinquent vor ihn oder vielmehr hinter ihn gebracht, so sprach er seine Rolle mit dem Rücken gegen das Gericht zum Fenster heraus, und da dieses auf den Platz ging, so konnte man hier der Untersuchung anwohnen und aus der hörbaren Hälfte des Protokolls den gan= zen Gang der Verhandlung errathen. Er war so= mit gegen seinen Willen ein Vorbote der Oeffent= lichkeit und Mündlichkeit. „In den Hosenträger mit dem Kerl!" das war gleichsam sein Feldgeschrei. „Ach was!" hörten wir ihn manchmal sagen, ver= muthlich auf eine Entschuldigung, die besonders den Delinquentinnen geläufig ist: „Dummheit ist die größte Sünde!" Mit der Romantik wäre ihm wohl noch weniger beizukommen gewesen.

Ein Charakter von so gedrungenem Korn ließ nicht mit sich scherzen. Ohnehin konnte ein scharf=

sinniger Commentator wittern, die „Banditenrotte" sei bereits auf die Studenten gemünzt. Wir machten uns zum Thor hinaus und eilten in den Wald, wo wir uns eine gar zierliche Hütte erbaut hatten, in der wir die karge Stunde der sogenannten Recreation zubrachten. Dort lachten wir in's Fäustchen, und als das Campusglöcklein uns mit seinen weitgellenden Tönen in's Kloster zurückrief, schritten wir ehrbarlich wieder durch das Thor, und wagten dem Proscriptionsdecret nur flüchtig im Vorübergehen zuzublinzeln.

Einige Zeit hernach fiel der Besitzer der Todtenköpfe in eine Krankheit und starb. Wir sangen ihm vierstimmig am Grabe und erhielten diese Ehrenbezeugung durch eine große Amphora seines edlen Weins erwidert, dessen Geister unsre unschuldige Laterne in ihrer Ruhe gestört hatte. Jetzt fanden wir auch den Muth wieder, unsre Dachreisen zu erneuern und das Faustianum, wie wir das Gelaß benannt hatten, aufmerksam zu besuchen. Die vermauerte Thüre ließ uns durch ein Loch in einen Holzstall blicken, in welchem wir sofort einen Theil des Rebenthals erkannten, zur Bestätigung, daß wir unsre Entdeckung richtig getauft hatten; denn die Sage beharrt darauf, daß das Laboratorium des Höllendoctors an den Speisesaal der Mönche gestoßen habe. Vielleicht ist ihnen aus seiner magischen Küche eins und das andere jener Gerichte zugeflossen, die zu seiner Zeit oft so sonderbar von fürstlichen Tafeln verschwunden sein sollen.

Das Wahrzeichen, das wir nun mit der Laterne näher zu beleuchten wagten, war ein großer, dunkler, braunrother, rostiger Flecken, der einen Theil der Wand bedeckte. Wir beschäftigten uns lang damit, seine Entstehung zu erklären, und wurden endlich eins, daß er entweder vom Doctor Faustus herrühre oder nicht. Im letzteren Falle, beschloßen wir, sei der Gegenstand nicht weiter zu verfolgen; im ersteren erkannten wir das Wandgemälde für eine der interessantesten Visitenkarten im Geschmack des sechszehnten Jahrhunderts, besagend nämlich: „u. A. z. n." —

Daß dem Kloster, dem ein solches Cerebrum hinterlassen worden, unter allen unsern Prophetenschulen der erste Rang gebüre, stand für uns fest.

Den Keller ließen wir fortan unbehelligt, doch wandelten wir nicht allzu knapp die Pfade des Gesetzes; denn wenn mich meine Erinnerung nicht gänzlich trügt, so hat die Zelle des Magus manchen verbotenen Duft geathmet, nach der Weise: „Knaster den gelben hat uns Apollo präparirt."

Unsere Wiederentdeckung der Faustküche aber ist seit dem großen Spuk von 1659, wo der Teufel leibhaftig im Kloster umging, „vornen niederträchtig wie ein Katz, hinten aber hoch und dick wie ein zottiger Hund," das größte dämonologische Ereigniß daselbst gewesen. Wir wagten nach und nach unser Geheimniß weiter zu verbreiten, und die Kunde davon drang zuletzt selbst in die Kreise der ehrwürdigen Sagenforschung ein, die sodann in rechtsgiltiger Form seitdem das gute Kloster in sein halbvergessenes Anrecht auf den Lieblingshelden der deutschen Zaubersage wieder eingesetzt hat.

Und im Hinblick auf dieses löbliche Vollbringen, wovon ich ein kleiner Theil gewesen bin, will ich mich's doch lieber nicht gereuen lassen, in die Prophetenschule gegangen zu sein.

2.

So war man denn zu einer unserer hervorragendsten Größen in eine Beziehung getreten, deren Bewußtsein immerhin sich mit dem Beziehungsbewußtsein jenes Schulmeisters messen durfte, welcher in das Schillersbuch zu Marbach schrieb: „Herrn Vater hab' ich auch gekannt." Allein das Verhältniß zu dem großen Nekromanten sollte noch ein engeres werden; doch leitete sich dies auf einem ziemlichen Umwege ein.

Ein junger Vorgesetzter, der freundlichste und treuherzigste, dem jemals die Aufsicht über junge Geister übergeben war, hatte uns in den Freistunden die Anfangsgründe des Englischen beigebracht, und bald hatten wir uns auf den Schultern des Unterpfarrers von Wakefield zu dem düstern Thurm des Corsaren und zu der Prachthalle des verschleierten Propheten von Khorassan emporgeschwungen. Der mächtige Eindruck des dichterischen Genius in Verbindung mit dem eigenthümlich fremdartigen Reiz der Sprache weckte den Trieb des Nachstammelns. Was angeklungen, was ergriffen hatte, das mußte sofort, gleichwie mit Naturnothwendigkeit, übersetzt sein, und die Uebersetzungen schoßen wie Pilze auf. Das ganze junge Volk war überhaupt sehr productiv; es führte seinen eigenen „Dichter= wald," einen handschriftlichen Musenalmanach, der unter allgemeiner Theilnahme auf mehrere Bände angewachsen ist. Doch war dies lauter Original= poesie, die Uebersetzungen aber blieben vorerst das unverbrüchliche Geheimniß ihrer beiden Verfasser.

Beinahe wäre dasselbe verrathen worden, als unser guter alter Vorsteher mich einst am Childe Harold ertappte und nachher in der Lection über den Euklid auf gewisse Leute anspielte, die sich mit „Allotriis," ja gar mit dem „Harro Harring" be= fassen. Er hatte diesen Zeitgenossen mit Byron's düsterem Wanderer verwechselt, und schien ihn oben= drein für eine Art Ritterroman zu halten, was mich viel von seiner guten Meinung einbüßen machte.

Die Uebersetzungen hatten nach und nach den Umfang einer kleinen Sammlung gewonnen und deuchten dem Verfasserpaare gegenseitig gelungen zu sein, daher die anfängliche Verschämtheit, zumal bei dem schon mit Druckerschwärze geimpften Theil, kühneren Regungen Platz machte und wir immer tiefer von der Ueberzeugung beseelt wurden, die „Dinger" würden gar kein übles Bändchen geben. Aber wohin damit? Das war für zwei junge Klosterschüler eine kaum aufzuwerfende Schicksalsfrage. Hätte mein Großvater, der Universitätsbuchdrucker, noch gelebt, so würden wir an dem alten Herrn einen splendiden Verleger gefunden haben.

In dieser Verlegenheit fiel mir der Herr Vetter zu Hause ein, der Verleger der Volksbücher, die mich auch in das Kloster begleitet hatten. Ich schrieb ihm, und er ließ sich umgehend vernehmen, mit Wohlgefallen habe er aus dem Briefe seines jungen Vetters ersehen, daß wir fleißig seien, auch in neueren Sprachen nicht zurückbleiben, und sei er gerne bereit, unser Werkchen in Debit zu nehmen, wie auch nach Erfolg zu honoriren.

„Glücklich ist, wem sogleich die erste Geliebte die Hand reicht!" Wir waren es nicht minder, da wir gleich bei dem ersten Versuch, ohne die vergeblichen Schritte, die den wenigsten Anfängern erspart sind, unsern Mann gefunden hatten, und sahen wo nicht den Himmel offen, doch die Bahn des Lebens von allen Schranken und Hemmnissen befreit.

Das druckfertige Manuscript ging unverzüglich ab, versehen mit einer Vorrede aus der Feder meines Freundes und Mitarbeiters, der ich mit Recht einen vollendeteren Satzbau und feinere Wendungen zutraute als der meinigen. Es war aber auch eine Vorrede, die sich gewaschen hatte, eine Vorrede, die dem Leser sagte, daß man ihm hier „goldene Früchte wenn nicht in einer silbernen, doch wenigstens in einer angemessenen Schale anzubieten wünsche." Ich gestehe, daß ich sie nicht ganz neidlos bewundert habe.

In Kurzem ging das Büchlein, nicht sehr modisch ausgestattet, in Gesellschaft des gehörnten Siegfrieds und des Paradiesgärtleins aus der reichsstädtischen Presse hervor. Es trug den Titel: „Ausgewählte englische Poesieen in teutschen Uebertragungen." Man schrieb Deutsch damals noch, besonders wenn es eine höhere Gesinnung ausdrücken sollte, mit dem T. Auf den Facturen und in den Handlungsbüchern des Verlegers, sowie in unsrem brieflichen Verkehr mit ihm wurde dieser Titel einfach in „Poesteen" abgekürzt.

Das Kindlein ging, von den Segenswünschen der beiden jungen Väter begleitet, seinen Weg in die Welt. Wir fürchteten nicht eben von unsrem Ruhm erdrückt zu werden, obwohl wir vorsichtiger Weise anonym geblieben waren, — aber, o Himmel, wie lautete der Rechenschaftsbericht der ersten Messe! Ein Dutzend Exemplare waren abgesetzt, die übrigen als Krebse, zum Theil in beißenden Bemerkungen gesotten, zurückgekommen. So hatte unter andern ein Buchhändler erklärt, es sei ein „Jammerwerk"; ein anderer hatte beigeschrieben, man solle ihn künftig mit solchem „Schund" verschonen. Ein dritter hatte gemeint, es gebe Uebersetzungen genug, man brauche keine neue. Dieses und noch Andres mehr berichtete der Herr Vetter gewissenhaft und sein Schreiben schloß: „So stehet es mit den Poesieen!"

Unter den verschiedenen Gattungen von Briefen, die im menschlichen Verkehr gewechselt werden, bietet die Abtheilung, welcher der so eben erwähnte angehört, ohne Zweifel die denkwürdigsten Bei-

spiele, und man könnte besonders aus den Schubla=
ben angehender Schriftsteller eine auserlesene Samm=
lung von Cabinetsstücken zusammenstellen. So er=
innere ich mich eines Briefes (ich verrathe aber
nicht, an wen er geschrieben ist), worin ein Ver=
leger einem Verfasser das Schicksal seiner Producte
gar in unwillkürlichen Distichen auseinander setzt,
die nur leichte Nachhilfe, hier die Weglassung, dort
die Zugabe eines Fußes erfordern, um für zwei
vollkommen tadellose Verse zu gelten. Man ur=
theile. „Fruchtlos setzten wir endlich den Preis auf
ein Drittel herunter, | Aber sie rühren sich nicht, |
und nur die Hälfte verkauft, | Würde (lies:
würd') uns zufrieden und sohin in eine Lage ver=
setzen, | Welche zur Zeit noch (lies: annoch) |
unsere Firma nicht kennt."

Gewiß darf man die Stelle erhaben nennen,
um so mehr, als der Schreiber keine Ahnung da=
von hatte, daß mitten in der reellen Prosa eines
Geschäftsbriefes die Muse ihn im Nacken zupfte.

Ich glaube mich aber nicht zu irren, wenn ich
diesem wie allen ähnlichen Stammbuchblättern das
Schlußwort, zu welchem sich der Bericht meines

erſten Verlegers zuſpitzte, um ſeiner gediegenen
Kürze, ſeines prägnanten Gedankenausbrucks willen
vorziehe. Er hat ſich mir feſt eingeprägt, dieſer
Denkſpruch, und in manchen Unbilden mich getrö-
ſtet, denn bei aller elegiſchen Tiefe iſt Humor in
ihm. Ja, heute noch, wenn mich über das Ge-
treibe des „geiſtigen" Marktes ein Kopfſchütteln
ankommt, wenn ich zuſehen muß, wie die Induſtrie
des Tages der Menſchheit Schnitzel kräuſelt und
die große Kinderſtube dem Tröbelkrame nachläuft,
— wenn — und wenn — und wenn — doch
ſtill, ich habe ja weder Gevatter noch Gevatterin,
denen ich's klagen könnte — da gedenke ich eben des
nun längſt im Frieden ruhenden Herrn Vetters
und ſage mir: „So ſtehet es mit den Poeſleen!"

Damals aber wurmte es mir, daß ich den guten
Mann in Schaden gebracht haben ſollte, und ich
ſann daher auf einen Verlagsartikel, der ihm den=
ſelben zu erſetzen geeignet wäre. Da wurde ich
eines Tages bei einem Univerſitätsfreunde — wir
waren inzwiſchen auf die Hochſchule befördert worden — der alten Fauſthiſtorie in der Bearbeitung
von Rudolf Widmann und Nicolaus Pfitzer hab=

haft. Ein anderer Freund übertrug mir auf meine
Bitte eine Anzahl Umrisse von Retzsch und Thäter
in volksthümliche Zeichnungen, und fügte noch
einige Bilder aus eigener Eingebung hinzu, wo=
rin besonders die Darstellung, wie Faust den
Wirthsjungen frißt, „der ihm allewege zu voll ein=
schenkete," ein Muster von Naturwahrheit war.

Sofort ließ ich mir mein Dänenroß, eine der
damals gefeierten akademischen „Katzen," satteln,
ritt zu dem Herrn Vetter hinüber, der auch ohne
Zaudern den Zuwachs seiner Volksbücher zu wür=
digen verstand, gab Anweisung, was abzudrucken
und was wegzulassen, bis zum letzten Capitel, wo
Doctor Faustus geschildert ist als „ein hockrucke=
rigs Männlein, eine dürre Person, habend ein klei=
nes grawes Bärtlein," und dictirte dann dem
Setzer an seinem Kasten frischweg die Vorrede in
die Lettern. Ich wollte mir's nicht nehmen lassen,
auch einmal selbst eine Vorrede an das Licht zu
geben. In dieser bot ich gleichfalls auf eine an=
gemessene Schale bedacht, den rostigen Styl näm=
lich des alten Buches nachahmend, dasselbe „dem
freundlichen Leser" dar „zur Ergötzung, aber auch

zur Warnung und abschreckendem Exempel, wie es denn auch in unserer Zeit solche leichtfertige Leute geben mag, welche, wann nur der Teufel herhalten wollte (er wird aber wohl wissen, warum er's bleiben lässet), gleich mit Feder und Papier bei der Hand wären, um eben auch so einen Contract mit ihm abzuschließen, gleichwie der unglückselige Doctor Faustus" u. s. w. u. s. w.

Dixi, schwang mich wieder auf mein Roß und ritt stolz nach der Universität zurück, welche vor dritthalb Jahrhunderten, 1588, das gleiche Unter=nehmen nicht so straflos hatte durchgehen lassen.

Damals war so eben durch den Frankfurter Verleger unseres Frischlin das erste Faustbuch, an=geblich nach einem aus Speier erhaltenen Manu=script, „der ganzen Christenheit zur Warnung" in die Welt befördert und von einem christlichen Publicum mit wonnevollem Grausen aufgenommen worden. Dem akademischen Buchdrucker von Tü=bingen aber, Alexander Hock, schien das Büchlein werth, „noch mehr divulgirt und an Tag geben zu werden." Um sich keines Nachdrucks schuldig zu machen, wählte er eine „kurzweiligere" Form,

indem er zwei Studenten beredete, die Frankfurter
Prosa fast wortgetreu in Reime zu bringen, und schon
ein halb Jahr nach dem Erscheinen der Frankfurter
Ausgabe kam das Tübinger Reimwerk in den Druck,
das mit den resoluten Versen begann:

Es ist der Doctor Faustus nun
Gewesen eines Bauren Sun.

Die Vorrede aber ermahnte alle Christen, dies
Büchlein zu kaufen und mit allem Fleiß zu lesen,
damit sie sich vor dem Teufel hüten lernen, oder,
falls sie schon in seine Klauen gerathen sein soll=
ten, sich wieder auf den rechten Weg und zur wah=
ren Erkenntniß Gottes reizen lassen möchten. Diese
Warnung, die dem jungen Herausgeber im neun=
zehnten Jahrhundert ein romantisches Spiel mit
alten Stylformen war, hatte im sechszehnten ihren
guten praktischen Grund, nämlich das Büchlein und
seine Urheber rückenfrei zu halten.

Die Absicht schlug jedoch fehl. Es waren
ohnehin zu der Zeit an der Universität ärgerliche
Händel vorgelaufen und Komödien aufgeführt wor=
den, durch welche den „Adversariis" (der katholischen
Partei) „groß Verdruß beschehen." Die Regierung

schickte Commissarien von Stuttgart herauf zur Vi=
sitation, und der Senat ließ den Verfasser der
Komödie, die den größten Anstoß gegeben, „durch
Meister Samuel in carcerem setzen oder legen."
Bei dieser Gelegenheit brachte die Regierung auch
das „Tractätlein vom Faust" zur Sprache, und
der Senat beschloß: „Hockium wölle man sampt
denen Authores, so historiam Fausti (geschrieben),
einsetzen und darnach einen guten Wilß geben."

Damals ging es bei uns zu Lande nicht an,
den Teufel auch nur „über die Thüre zu malen."
Gleichwohl verbreitete sich die Fausthistorie, „wun=
derlich daherrauschend," über die ganze abendlän=
dische Welt, und wurde in allen Sprachen Europa's,
immer mit den „treuherzigsten" Warnungen ausge=
stattet, an die kauflustige Christenheit abgesetzt.

Auch der Herr Vetter fuhr mit dem Büchlein
gar nicht schlecht, denn es gewährte ihm vollstän=
dige Entschädigung für die verunglückten „Poesieen."
Er konnte es mehrmals auflegen; es überlebte
ihn, und ist, wie ich zufällig sehe, erst kürzlich
wieder in neuer Auflage erschienen.

Auf diese Weise habe ich den Freunden meiner

Jugend, den Volksbüchern, ihren langentbehrten Gesellen wieder zurückgebracht, und andere Herausgeber und Verleger haben das Beispiel seitdem häufig nachgeahmt. Indem ich mich nun meines Verdienstes rühme, darf ich mir freilich nicht bergen, daß der Verkleinerungsgeist, der unter den Menschen herrscht, mich fragen kann und wird, ob es im Vergleich mit den dichterischen und gelehrten Behandlungen der Sage eine große That genannt werden könne, ein altes Buch, obendrein nicht einmal das beste unter den Faustbüchern, zum Wiederabdruck befördert zu haben, und will ich unparteiisch sein, so muß ich gestehen, daß ich auf diese Frage nichts zu antworten weiß. Doch —

Doch Homeride zu sein, auch nur als letzter, ist schön.

3.

Aber das Verdienst, den Faust wieder unter das Volk gebracht zu haben, ist es nicht aus einem andern als dem genannten Grunde noch ein zweifelhaftes?

Wer mag sich rühmen, dem alten Aberglau=

ben, der im Volke herrscht, neue Nahrung geboten zu haben?

Man wird erwidern dürfen, daß die Sagen, die das Volk sich nun einmal geschaffen oder angeeignet hat, ihm als unveräußerliches Eigenthum gehören. Und was den Aberglauben betrifft, so ist derselbe nicht bloß in den sogenannten unteren Ständen, sondern in allen Schichten des Volkes weit verbreiteter und weit mächtiger, als es öffentlich zugestanden wird.

Unter den „Gebildeten" zwar ist mit dem Glauben an den Teufel — der im christlichen Dogma eine Rolle gespielt hat, die der oberflächlichen Betrachtung entgeht, und seit dessen Erschütterung sich unter der Decke des Bestehenden eine unaufhaltsame Verwandlung vollzogen hat, welche, vergebens übertüncht, einst unerwartet an den Tag treten wird — mit diesem Glauben ist die frühere Form des Aberglaubens sammt Furcht und Hoffnung zusammengestürzt. Der aufgeklärte Theil der Welt sucht die Quelle der Uebel, die ihn treffen, nicht mehr im Kessel der bösen Nachbarin, für ihn haben die Clavicula Salomonis und der Höllenzwang ihre Kraft verloren. Allein, mag auch der Aberglaube seine Formen ändern und theilweise reinigen, sein Wesen wird dauern so lang die Welt dauert; ja selbst wenn die ausschließliche geistige Regierung der Menschheit einmal der Naturwissenschaft anheim fallen sollte, so hüllt er sich in ihr Gewand und versenkt sich in Vorahnungen noch unentdeckter Naturgesetze, deren freilich auch wohl noch manche zu entdecken sein werden.

Das Wunderbare mag aus seiner Dämmerung hervor in noch so dürftiger und trüglicher Form ein Lebenszeichen von sich geben, und gleich schickt sich die ganze Gesellschaft an, so ungesehen als thunlich der weisen Minerva aus der Schule zu entlaufen, die immer wieder von Neuem ihre Flüchtlinge unter die Disciplin des mathematischen Beweises zurückführen muß; denn aus Geheimem ist der Mensch gemacht, und man kann mit eben so gutem Rechte sagen, daß das Geheimniß, wie daß die Gewohnheit seine Amme sei. Es ist unfruchtbar, hiegegen zu eifern, und man thäte besser, den dunklen Trieb in wenigst schädliche Bahnen zu locken.

War es wohl bloß der dankbare poetische Stoff, war es nicht noch ein besonderer Zug, der so viele unsrer Dichter angereizt hat, die Faustsage zu behandeln? Bei Göthe wenigstens — wenn man auch nicht von ihm wüßte, daß er in seiner Jugend mystischen und magischen Studien lebhaft ergeben war, daß er noch in reifen Jahren seinen Freund Schiller ermahnte, mit der Astrologie säuberlich zu fahren — bei Göthe verrathen es die ersten Scenen seines Faustgedichts, daß er die Sehnsucht des Menschen nach dem Verborgenen und Geheimnißvollen kaum mit jener Gewalt zu schildern vermocht hätte, wenn er nicht selbst zu Zeiten von einem ähnlichen Drang ergriffen gewesen wäre.

„O wäre nur ein Zaubermantel mein!" Gestehen wir's nur, wer möchte den Wunsch nicht theilen? Ein bischen Hexerei in möglichst rationeller Form, ein abgekürztes Verfahren statt des langen und oft so vergeblichen Weges, auf welchem die Menschen nach ihren Zwecken kriechen müssen, ein wenig Nerventelegraphie etwa oder irgend eine den physiologischen Möglichkeiten nicht allzu fremde Art von magischer Projection und Spiegelung, von

geistischem Hinaus= und Hereinragen — das möchte
doch das Wissen und Wollen reizen. Ein genüg=
samer Sinn würde wohl gar schon mit etwas
Nummernprophetie vorlieb nehmen, zumal seit die
Hexenkünste der Creditanspannung sich abgenützt
haben.

Vor allen traue man den Spöttern nicht: ge=
rade diese sind innerlichst in dem Spitale krank,
daß sie mit ihrem Witz in die Luft sprengen
möchten.

Würde die Geschichte davon schweigen,
Tausend Tische würden klopfend zeugen.

Steht es nun bei den „Gebildeten" so, wie
mag man sich wundern, daß das „Volk," wenig=
stens der von der industriellen Cultur noch nicht
ergriffene Theil desselben, allen Gegengiften der
Aufklärung zum Trotz in seinem alten Aberglauben
verharrt? So lang man diesen Gläubigen aber
zumal das Romanusbüchlein läßt, worin, wie der
mythologischen Facultät besser als der theologischen
bekannt zu sein scheint, noch immer Phol und Wo=
dan fein christlich maskirt zu Holze fahren, so lang
kann man ihnen den Faust zweimal lassen und

gönnen. Er wird wenig Nachfolge finden; denn wenn auch Görres in seiner „christlichen Mystik" ein genaues — fast möchte man sagen exactes — metaphysisches Recept für den „Verbund mit dem Bösen" gab, woraus man lernen kann, wie man mit dem Dämon „anbindet und an ihm in den negativen Exponenten sich potenzirt," so wird das Experiment doch meist, wie ich in meiner bereits zur Ungebür citirten Vorrede anzudeuten gesucht habe, seinen eigenthümlichen Mangel behalten, nämlich eine unbefriedigende Einseitigkeit.

Ueberdies strebt bei dem Volke der männliche Telesmus nicht gar hoch hinaus, er beschränkt sich auf Hausmittel, und setzt seine Hauptaufgabe darein, Vieh und Menschen — nach der herkömmlichen Rangordnung, in welcher bekanntlich der „haarige Fuß" vorangeht — von Krankheiten zu befreien. Zwar ist noch eine höhere Sphäre vorhanden, in welcher besonders die „Diebsstellung" eine große Rolle spielt, aber wenn man den Erzählungen darüber nachfragt, so weisen sie immer in einige Ferne.

Anders ist es mit dem weiblichen Zauberwesen. Dieses hat der Volksglaube so ziemlich auf der gleichen Stufe festgehalten, wie zur Zeit, da Paracelsus vergebens predigte, man solle die Hexen in ärztliche Behandlung nehmen, da selbst ein Fischart gegen das „Ausgelasne Wütige Teuffels=heer" eine Lanze brechen zu müssen meinte. Da=mals war es ein gefährlicher Versuch, dem Hexen=hammer den Stiel ausdrehen zu wollen, und das Aeußerste, was seine Gegner Weier und „Lercheimer" wagen durften, war die Behauptung, das Hexen sei ein ohnmächtiges Blendwerk, das der leidige Teufel den unseligen zaubersüchtigen Menschen vor=mache.

Welch eine Zeit, da der eine dieser beiden Menschenfreunde selbst der Hexerei verdächtigt wurde und der andere unter angenommenem Namen sich wenden und drehen mußte, um sein „christlich. be=denken vnd erjnnerung von Zauberey" zu begrün=den, worin er unter andrem forscht, „warumb der Sathan mehr weiber dann männer zaubern lehre," und die Ursache „anzeigt", „nemblich daß sie leicht=gläubiger, fürwitziger vnd rachgiriger sind dann die männer, vnd derhalben desto bequemer und berei=

ter dem teuffel, daß er sie betriege, verführe und verderbe."

Auf der Oberfläche nun hat freilich die Zeit sich geändert, und der seufzende Wunsch jener wackern Männer, man möchte an den armen Betrogenen „das Brennholz sparen", ist längst in Erfüllung gegangen; in der Tiefe aber lebt, wie noch ganz jüngst vorgefallene Geschichten beweisen, der alte Hexenglaube unzerstörlich fort, er wird ja selbst von „Gebildeteren" unterhalten, und wenn man ihn gewähren ließe, so würden leicht wieder da und dort Scheiterhaufen flammen.

Oder ist ihm durch die herrschenden Mächte der natürlichen Magie unserer Tage, Dampf und Elektricität, die Axt an die Wurzel gelegt? Wird in der Umwälzung der Geister auch das Volk nach und nach den dumpfen Spuk abstreifen, und die Ansicht des Aristoteles, daß zwischen der Ueberzeugung der denkenden Köpfe und dem Volksglauben ewig eine Kluft, „zur Aufrechthaltung der Gesetze und der öffentlichen Wohlfahrt dienlich," meint er, klaffen werde, aufhören eine Wahrheit zu sein? Wird einmal Eine Bildung Hoch und Niedrig um=

fangen, wird der Bauer von den Gespenstern seiner Spinnstube zu den Geistern der psychographischen Abendsitzung emporsteigen, wo im Kreise intelligenz= verwaltender Staatsbeamten und schicksalskundiger Generale Heinrich Heine's heraufgerufener Schat= ten, den buchstabenfressenden Zauberhahn des kai= serlichen Rom's wo möglich an Esprit überbietend, sich dem Beschwörer als „ein Narr aus dem fabelhaften Jenseits" zur Verfügung buchstabirt?

Sollte denn unserer theuren Nation eine so hohe Zukunft beschieden sein, so laßt uns, sie noch zu erhöhen, und damit den Enkeln die Vergangen= heit nicht wie eine Fabel klinge, mit der Erinne= rung in unsere Kinderjahre zurückgehen, zum Spie= gel für die neuen Geschlechter, die aus unsern Er= zählungen lernen mögen, welch tiefe Geistesnacht ihre Vorfahren gefesselt und wie sie es dann „so herrlich weit gebracht."

4.

Hexengeschichten und Schauermären umgaben meine Kindheit wie ein finsterer Wald. Meinen

Eltern war der Aberglaube fremd, und mein Va=
ter verfolgte ihn mit allen Waffen des Spottes;
aber wer will die Mägde und ihr heimlich Reden
und Raunen hüten? Ein Vater kann im sorglosen
Rationalismus dahinleben, während die Kinder un=
vermerkt in die dunkle Kammer gerathen, in welcher
das Grauen wohnt. Und wo konnte der strengste
Rationalist die Dienstboten zweckmäßig auswählen,
wenn der größte Theil der Umgebung selbst das
Nämliche glaubte, wie sie?

„Was wahr ist, bleibt wahr," denken die Fa=
natiker jedes Glaubens, und zu der Wahrheitspflicht,
die der Mensch in theoretischen Dingen manchmal
nur allzu gewissenhaft beobachtet, kam in diesem
Falle noch eine starke praktische Verpflichtung hinzu.
Wie hätte es eine gewissenhafte Seele vor Gott
verantworten können, die Kinder ungewarnt den
Lockungen gewisser alter Frauen, verführerischen
Lockungen mit Butterbrod, Aepfeln und Kuchen, zu
überlassen, und sie auf diese Weise den Gefahren der
greulichsten Behexung blindlings bloßzustellen? Es
ist mehr als einmal vorgekommen, daß ein Kind
einem alten Weibe die dargereichte Gabe vor die

Füße warf; brach die Geberin darüber in Thränen aus, so mußte sie Triefaugen haben; war sie aber härteren Sinnes und ging schimpfend und fluchend von dannen, so hatte der Verdacht vollends freie Bahn.

Eine meiner frühsten Erinnerungen dieser Art ist eine Geschichte, die etwas traurig Rührendes hat. Eine Frau war bei ihrem ersten Kirchgang „von einer Hexe angegangen worden" und kam krank nach Hause; sie konnte noch erzählen, wie ihr die Unholdin beim Herausgehen aus der Kirche begegnet sei und „einen einzigen Haucher an sie hin gethan" habe, dann bat sie die Ihrigen, die Rache Gott zu überlassen, legte sich nieder und starb. Freilich, wo man an eine von der Hölle verliehene Macht glaubt, die uns das Liebste in der Blüthe des Lebens knicken kann, da ist die Volkserbitterung zu begreifen, die einst den Arm des Richters oft noch über seinen Willen hinaus beflügelt hat. Diesen konnte man nun freilich nicht mehr anrufen; aber noch immer gab es außergerichtliche Hexenprozesse, worin alte Weiber eine zänkische Gemüthsart oder ein unheimliches Aussehen bitter zu büßen hatten.

Ob in dem Wittwenstüblein, von welchem ich meinen früheren Zuhörern erzählt habe, an Hexen geglaubt worden ist, weiß ich nicht bestimmt zu sagen; jedenfalls war die alte „Frau Dote" zu christlich, um einem Nebenmenschen etwas Böses nachzureden. An eine dämonische Welt aber glaubte sie felsenfest. Ueberhaupt spielten ihre Geschichten nicht ungerne in's Grauerliche; das kleine Zimmer mit dem warmen Ofen gewann dadurch sehr an Behagen.

Welche Schauer durchrieselten mich, wenn sie von dem Krokodil erzählte, das aus fernen Meeren seinen Weg in den Neckar fand, um in einem Keller zu Eßlingen die Küfer zu fressen! Doch dieses Monstrum gehörte, freilich nicht gerade buchstäblich, immer noch einigermaßen der Naturgeschichte an. Anderer oder auch gleicher Natur — wenn man nämlich in dem Schuppenthiere einen rationalistisch fortgeschrittenen Drachen von älterem Datum erkennen will — waren die drei „Frälen" (Fräulein), die zu den Kindern der Menschen in den „Kaarz" oder „zu Stuben" kamen, mit ihnen spannen und Winter lang sich stumm verhielten, bis sie endlich nach einigen äußerst kindsköpfischen Reden, die ihnen entschlüpft, auf Nimmerwieder=sehen verschwanden.

Diese Ueberbleibsel alter Mythen, die durch so viele Jahrhunderte sich erhalten haben, ragten sel=ten in die Gegenwart, sondern meist nur in die nächste Vergangenheit herein; sie wurden fast im=mer als Erlebnisse der nächst vorhergegangenen Ge=neration erzählt, aber die Worte oder Verse, die jenen elfischen Wesen in den Mund gelegt waren, wurden mit einer Art von liturgischem Tonfall vor=getragen, aus welchem das höhere Alter sprach.

Wunderbar war es zu hören, mit welcher Un=befangenheit jene geschichtliche Bezeugung festgehal=ten wurde. So hat unser Buchdrucker, so oft er uns die Mär' von der Jungfrau des Urschelberges erzählte, jedesmal am Schlusse versichert, daß er diese Geschichte aus dem Munde seiner Mutter habe, die als ganz junges Mädchen beim Begräb=niß des wortbrüchigen Geistererlösers zugegen ge=wesen sei und mit allem Volke den jammernden Geist in Gestalt eines weißen Vogels um die Kirch=hofmauer flattern gesehen habe. Hiebei ist zu er=

wägen, daß in älteren Zeiten eine solche Sage als Gemeinbesitz der Gegend, an der sie haftete, gehütet wurde, gleich einem ruhmbringenden Wahrzeichen, für dessen Behauptung und Verwerthung Klein wie Groß ein Uebriges zu thun im Stande war.

Wiederum anderer Natur als jene Nachzüglinge einer untergegangenen Elfenwelt, waren die eigentlichen Gespenster. Diese lebten in der unmittelbaren Gegenwart, hatten sich dem einen oder andern Bekannten gezeigt, und die Namen solcher Gewährsmänner oder Gewährsfrauen mußten für die Wahrheit der Erzählung bürgen. Ja, die gute alte Erzählerin selbst konnte sich auf eigene Erfahrung berufen.. Sie hatte sich einst als junge Pfarrfrau eines Abends mit ihrer Magd in der Küche befunden, als an einem entfernten Waldsaum ein Irrwisch, cidevant Feldbuntergänger und Betrüger, spazieren ging. Die Magd stieß ängstlich und zugleich kichernd ihre Gebieterin an. Die junge lebenslustige Frau konnte sich's nicht verwehren, das Küchenfenster zu öffnen und den Lichtkobold bei dem Namen Vitzliputzli zu rufen. Doch kaum war ihr das Wort entfahren, da kam er husch! durch die Luft herangesaust, und sie hatte kaum noch Zeit, ihm das Fenster vor der Nase zuzuschlagen. Beide flüchteten sich mit Geschrei, während er ihnen „ganz feurig durch die Scheiben nachsah", in's Zimmer zu dem ernsthaften, nicht mehr so jugendlichen Pfarrherrn, von dem sie mit einem rechten Verweise wegen ihres Fürwitzes empfangen wurden.

Was hätte es nun da gefruchtet, über den Aberglauben zu Gunsten der Kinder eine Censur auszuüben? Hatte doch eines der glaubwürdigsten Familienmitglieder selbst dem Vitzliputzli das Fenster aufgethan! Und wenn sie Nachts beim Niederlegen sich mit Seufzern und Gebeten wider die bösen Geister unter dem Himmel waffnete, wie mußte es dem lauschenden Knaben zu Muthe sein! Er glaubte sich auf einer Friedensinsel mit goldenen Dämmen geborgen, und in jedem Sausen der Luft, bei jedem Klirren der Fenster meinte er den anbringenden Flügelschlag jener feindseligen Schaaren zu vernehmen.

Wenn man die harmlose Glückseligkeit der Jugend gegen den kühlen Gleichmuth späterer Jahre wieder einzutauschen wünscht, so darf man nicht vergessen, in die Wagschale auch die Angst einer armen Kinderseele zu legen, die nackt und bloß dem Entsetzen preisgegeben war. Der Sinn für das Unheimliche ist mir in der Kindheit so tief eingeprägt worden, daß es mich nachher manchen nächtlichen Gang in Wald und Oede gekostet hat, um über thörichte Anwandlungen Meister zu werden. Vergebens, daß die geistige Ursache derselben längst aus dem Wege geräumt ist, die ersten Eindrücke sitzen im Gemüthe fest, und in diesem Sinne darf man wohl gelten lassen, was vom Reich der Geister gesagt ist: „Sie liegen wartend unter dünner Decke, und leise hörend stürmen sie herauf.“

5.

Indessen habe ich die Erfahrung gemacht, daß der Geisterglaube doch auch seine nützliche Seite haben kann.

Dies ereignete sich in Folge des sonderbaren Unfalls, daß ein müdes Studentenpferd einmal in der Nacht mit mir durchging. Es war ein abgelebtes Thier, eine harmvolle Creatur, die das leichte

Fuhrwerk, dem sie vorgespannt war, im Schnecken=
trott bewegte, auf einmal aber, unwissend warum,
einen verzweifelten Galopp anschlug und mit
einer Gewalt, die man diesem Schatten eines Pfer=
des nicht hätte zutrauen sollen, dahinjagte, bis das
Gefährt auf einen Steinhaufen gerieth und um=
schlug. Das Abenteuer endete damit, daß ich einige
Wochen übel zugerichtet im Bette zubringen mußte
und alle Nachtwächter meiner Vaterstadt mit ihren
verschiedenen und zum Theil sehr eigenthümlichen
Modulationen nachahmen lernte.

Zu den körperlichen Schmerzen aber gesellte
sich das Seelenleiden, daß mein guter Ruf im
Rosselenken höchlich gefährdet war. Hier nun kam
mir ein Umstand zu Statten, der mir eine starke
Partei verschaffte. Die Stelle, an der ich „ver=
unglückt worden" war, gehörte zu den Orten, wo
es „nicht mit rechten Dingen zuging", und das
arme Pferd, mit dem den Thieren eigenen Seher=
blicke begabt, hatte etwas erschaut, was meinem
profanen Auge verborgen geblieben war.

An jener Stelle pflegte nämlich ein überaus
höflicher Particulier, der den Kopf wie einen Cla=

quehut unter dem Arme trug, aus Mangel an sonstiger Beschäftigung umzugehen. Hatte doch erst etliche Monate zuvor ein Herr Gevatter seine Bekanntschaft gemacht, als er Nachts von der Frau Rosenwirthin, der besten Menschenverpflegerin der Umgegend, den Heimweg suchte. Das Muster aller Höflichkeit trat ihm am „Rank", d. h. an der Biegung der Straße, mit abgezogenem Kopfe in den Weg. Der Herr Gevatter wollte in der Courtoisie auch nicht der Letzte sein und wich von der Straße. Der Andere aber ließ nicht nach, bis er ihn ein gutes Stündchen seitab durch Dick und Dünn auf den Gipfel einer Anhöhe hinauf complimentirt hatte, von wo sich der Herr Gevatter erst am kühlen Morgen mit etwas flauem Gemüthe in die Stadt herunterfand. Hätte er zu rechter Zeit daran gedacht, die Schuhe zu wechseln und den Hut verkehrt aufzusetzen, so würde er den ungebetenen Civilconducteur gleich wieder los gewesen sein.

Diese Spukgeschichte rettete meinen Credit, und ich gewann vertrauensvolle Kunden für eine Spazierfahrt, die ich zur Feier meiner Genesung veranstaltete. Da ich bei diesem Unternehmen so geschickt

war, über einen Eckstein wegzufahren, ohne umzu=
werfen, so konnte kein Zweifel mehr aufkommen,
daß es mit jenem Unfall seine „besondere Bewandt=
niß" gehabt haben müsse.

Eine gleiche hatte es, wenigstens nach der An=
sicht meines alten Buchdruckers, mit einem andern
Abenteuer gehabt, das ich früher, jedoch nicht auf
eigene Kosten, erlebte.

Ueber der Kammer, in welcher ich einen Theil
meiner Kinderjahre verschlief, auf dem freien Bo=
den, den man die „Bühne" heißt, befand sich die
nächtliche Ruhestätte der uralten Dienstmagd, an
die ich, da zu jener Zeit noch die Hausverfassung
des alten Attinghausen galt, große Anhänglichkeit
hatte. Eine schmale, sehr steile Treppe, oben mit
einer Fallthüre versehen, führte zu ihr empor. In
der hintersten Ecke stand das magdliche Lager, auf
welchem meine runzlige Freundin von Butter und
Schmalz zu träumen pflegte. Da das Dach auf
der einen Seite sich an dasselbe anlehnte, so konnte
man ihre Ruhestatt mit einem offenen Zelt verglei=
chen, in dessen Hintergrund die Dachschindeln eine
Art von Mosaiktapete bildeten. Und nicht schmuck=

los war die Umgebung. Durfte die meinige sich einer blanken Decoration von Zinnflaschen erfreuen, so prangte dafür die ihrige mit einer eben so ansehnlichen Garnitur von Sieben, groß und klein, welchen eine Menge ehrwürdiger, zur Ruhe gesetzter Hausgeräthe Gesellschaft leistete.

Es mochte um die Mitte der Nacht sein, als ich auf einmal aus festem Schlaf erwachte und mich bei glockenheller Besinnung fand, ziemlich verwundert über die jähe Flucht des sonst immer getreuen Freundes und ein wenig schaurig angeregt durch die nächtliche Einsamkeit. Während ich vergebens der Ursache dieses plötzlichen Aufwachens nachsann, hörte ich etwas mir zu Füßen leicht auf die Decke springen und glaubte zu fühlen, wie diese in Wellenbewegungen über mich herfluthete. Mit einer Mischung von Schreck und Zorn fuhr ich in dem großen Himmelbett empor und schüttelte die schwere Decke, aber es fiel nichts zu Boden. Eine Maus weiß sich immer zu helfen. Ich legte mich etwas unbehaglich zurück; kaum aber hatte ich die Decke einige Zoll näher gegen das Kinn gezogen, so hörte ich auf dem Boden über mir in der bekannten Ecke ein Geräusch, das mir die tröstliche Kunde gab, daß zu dieser Geisterzeit außer mir noch ein zweites menschliches Wesen wache. Es stand auf, es ging mit langsamen Schritten vor, aber wehe, auf einmal kommt es die steile Bodentreppe herunter gepoltert und schlägt auf dem Estrich mit einem gellenden, Zerschmetterung verkündenden Krachen auf. Zugleich erhob eine wohlbekannte Stimme ein Jammergeschrei, welches das ganze Haus in Aufruhr brachte. Entsetzen lähmte meine Schritte, da ich die alte Anna Marei mit zertrümmertem Schädel draußen zu finden fürchtete; ich bedachte nicht, daß ein Kopf, der mit solchem Gekrach in Stücke geht, schwerlich viel Laut auf Erden mehr geben wird.

Alles lief herbei. Da lag nun die Arme, sehr nachlässig angethan, zu Füßen der treulosen Treppe, und schrie so fürchterlich, daß wir kaum Hand an sie zu legen wagten. Allein der Kopf erwies sich unversehrt, auch war sonst nichts ab noch aus den Fugen, nur hatten ihr die Staffeln der Stiege eine beträchtliche Anzahl von Quetschungen beigebracht. Als man sie aufhob, zeigte sich denn auch

bei Licht der Gegenstand, dessen schauervolles Kra=
chen alle Herzen, die für die Gute schlugen, vor
Entsetzen still stehen gemacht hatte. Nein, es war
nicht der Sitz ihrer wirthschaftlichen Gedanken, es
war ein ganz anderes Geräthe, aus Lehm gebrannt,
dessen Scherben traurig auf dem Ziegelpflaster um=
herschwammen, Ursache und Verlauf des Ereignis=
ses klar berichtend.

Die arme Bühnenkünstlerin war gegen ihre
Gewohnheit im Schlafe aufgestanden, hatte sich
ohne Zweifel nach der Dachrinne bewegen wollen,
war aber, ungeübt in somnambulen Rollen, nach
der Treppe hingerathen, wo die offene Fallthüre
leider ihrem abschüssigen Vordringen kein Hinder=
niß in den Weg legte. Was sie in der Hand trug
und beim Herabfahren mit Macht auf den Estrich
schlug, hatte ihr als Opfer gedient, die finstern
Schicksalsmächte zu versöhnen. Ihr Geschrei aber
entsprang aus mehreren Gründen. Einmal war
sie, wie begreiflich, während der Fahrt noch schnel=
ler als ich vorhin aufgewacht und über die Maßen
erschrocken. Sodann hatte sie sich auf einem An=
fluge von Mondsucht ertappt, und obgleich sie zum

Glück nicht mit triefenden Augen ausgestattet war, so schien jener Umstand doch einigermaßen geeignet, den Charakter einer Person ihres Alters in ein zweifelhaftes Licht zu setzen. Vornehmlich aber fürchtete sie durch den Fall zur Arbeit untauglich und für das Spital gereift zu sein, was dem reichsstädtischen Selbstgefühle, auch in einer alten Dienstmagd, so viel als Tod und Vernichtung war. Kaum hatte man sie über diesen Punkt beruhigt, so verbiß sie ihre Schmerzen, hörte zu schreien auf und ließ sich in ihr Bett zurückbringen. Nach einigen Schmerzenstagen war sie wieder vollständig im Geschirr; im Nachtwandeln aber hat sie keine Probe mehr abgelegt.

Das war nun zwar an und für sich eine ganz natürliche Begebenheit, aber mein alter Freund und Grübler, dem ich sie erzählte, hatte alsbald ein mystisches Haar darin gefunden. Freilich nicht ohne mein Zuthun, denn ich hatte ihm, damals vielleicht wichtig genug, erzählt, daß ich unmittelbar vor der Katastrophe auf eine mir sonderbar scheinende Weise aufgewacht sei. Dies war seiner Dogmatik zufolge kein gewöhnliches Erwachen, sondern eine

„Erweckung" gewesen. Auch ließ er die Maus keineswegs gelten, belehrte mich vielmehr, es gebe eine Classe von hilfreich gesinnten, für sich selbst jedoch hilflosen Geistern, die gerne Unthaten und Unfälle von den Menschen abwenden möchten, zu diesem Behufe aber, da sie nur halb in die Wirklichkeit hereinragen, also weder Hände noch Füße haben, nur einem in der Nähe befindlichen, der Körperwelt angehörigen Geschöpfe einen Wink geben können, damit es, falls es Merks genug hätte, zum Werkzeuge der Rettung würde. Offenbar schwebte meinem Alten hier derselbe Gedanke vor, den der Zeichner jener Gespenster ausdrücken wollte, welche die Ermordung des gnadenreichen Duncan durch ihr lautlos gellendes Geschrei vergebens zu hindern suchen.

Seine Geistertheorie hatte ferner große Aehnlichkeit mit der Lehre von der Seelenverknöcherung, die ich hernachmals im Hörsaal eines eigenbröblerischen Philosophen habe vortragen hören. Es gebe Seelen, docirte dieser, welche durch Hingebung an das Materielle unfähig werden, die Kruste ihres irdischen Daseins im Sterben zu zerbrechen,

und daher in dem engen Durchgang nach dem kör=
perlosen Jenseits stecken bleiben. Ohnmächtig kle=
ben sie dann in endloser Langweile an den Gegen=
ständen ihrer einstigen Leidenschaft, an Schätzen, die
ihnen jetzt nichts mehr nützen, an den Stätten un=
austilgbarer Frevelthaten, oder treiben sich zwecklos
schlurfend und polternd umher.

Bei dieser sinnreichen Erklärung ließe es sich
wenigstens begreifen, warum die Geister, nach
Allem, was man in der Regel von ihnen hört, so
herzlich geistlos sind.

6.

Wieder ein anderes Abenteuer, von lustigerer
Art und schmerzlosen Angedenkens, trug sich auf
dem nämlichen Schauplatze während meiner Uni=
versitätszeit in den Ferien zu.

Ich hatte wieder mein altes Nachtlager, die
Himmelbettlade in der ziegelgepflasterten Kammer
bei den Zinnflaschen. Die alte Anna Marei nahm
noch immer mit Ehren ihren alten Posten ein und
schlief ebenfalls noch am alten Plätzchen, nämlich
in ihrem offenen Zelte bei den kleinen und großen

Sieben. Außer mir war noch ein Gast im Hause, ein geistlicher Vetter vom Gebirge her, der sich, da er Nachts an Gesellschaft gewöhnt war, zu der Frau Dote in's Vorderzimmer einquartiert hatte. Nach Mitternacht hatte ich abermals die Unannehmlichkeit, plötzlich aufgeweckt zu werden, aber durch keine unerforschliche Ursache, sondern durch ein höllisches Getöse über mir. Es rasselte auf dem Boden hin und her, als ob alle bösen Geister ledig wären. Die alte Anna Marei konnte es nicht sein, die den Lärm verursachte, denn sie übertönte ihn noch mit ihrem gellenden Hilferuf. Ich enteilte so schnell als möglich dem Himmelbette, fand die Insaßen des Hauses versammelt, und da standen wir nun, nicht eben im Sonntagsputz, an der Bodentreppe, Rath mit einander haltend, während das Gepolter und mit ihm das Hilfegeschrei immer stärker wurde.

Ehrenhalber stellte ich den Antrag, dem geistlichen Herrn den Vortritt einzuräumen. Er wollte aber nichts davon wissen. Ich habe Weib und Kinder, die meiner jetzt noch nicht entbehren können, sagte er, aber ein leichtsinniger Student wie

bu, der kann sein Leben eher in die Schanze schla=
gen. Ich erinnerte ihn an seine geistlichen Waffen.
Vergebens; die Welt liegt im Argen, sagte er,
meine Bauern haben mir letzten Sonntag Nachts
den Kohl aus dem Garten gestohlen, nachdem ich
ihnen Morgens über das siebente Gebot geprebigt
hatte; wer kann nun vollends wissen, an was der
Poltergeist da broben glaubt! Unter allgemeiner
Zustimmung ergriff ich das Licht, und mit Allons
enfants de la patrie, dessen Klänge eben damals
wieder die Welt erschütterten, klomm ich an der
Spitze meines zaghaften Heeres die Bodentreppe
empor.

Längst hatte ich an Gespenster zu glauben ver=
lernt; als ich aber auf der obersten Sprosse stand,
und, auf die Bühne hineinleuchtend, ein uner=
hörtes Schauspiel sah, da wurde es mir denn doch
auch ein wenig ungewöhnlich zu Muth. Die Andern,
die mich stutzen sahen, wichen mit einem Schrei
zurück, noch ehe sie etwas gesehen hatten.

Der Poltergeist war ein großes Sieb, das,
nicht eingedenk der Bürgerpflicht, die man als die
erste preist, seinen Nagel verlassen hatte und' wie

beſeſſen auf dem ganzen Umkreis des Bodens hin
und wieder fuhr. Daß dies ein gewaltiges Gepolter verurſachen mußte, iſt einleuchtend. Das war
aber noch nicht genug, ſondern der Störenfried
riß, wenn er an den Wänden hinſtreifte, auch noch
ſeine ruhigen Mitſlebe, ja ſelbſt die gemäßigtſten
Invaliden von Geräthſchaften herab, ſchleppte ſie,
wenn ſie ihn am Spuken hinderten, mit ſich fort
und vermehrte dadurch das Getöſe in's Unbillige.
Die alte Anna Marei ſchrie jedesmal „wie ein
Dachmarder" — die Umgebung rechtfertigt den
Ausbruck — wenn das wahnſinnige Sieb an ihrem
Bett vorüberfuhr, hinter welchem ſie ſich ſo gut
wie möglich verſchanzt hatte. Sie bat uns kläglich,
über den Boden zu ihr zu kommen; aber das war
mit heilen Gliedern kaum zu bewerkſtelligen.

Was den Naturgeſetzen ſchnurſtracks zuwider-
läuft, das bringt den Menſchen in eine gewiſſe Art
von Wuth. Die Spazierfahrt muß aufhören, ſagte
ich, gab dem Pfarrer das Licht und ſuchte das
fahrende Sieb, ſo wie es in meine Nähe kam, mit
dem Fuße in ſeinem Lauf zu hemmen. Dies gelang auch, aber das Sieb, das nicht nach Men-

schenweise ging, raste alsbald in der entgegenge=
setzten Richtung fort und gab gleich darauf unserer
Kammersängerin Veranlassung, einen ihrer gelun=
gensten Triller zu versenden. Was der Fuß nicht
durchgesetzt hatte, wagte ich jetzt mit der Hand,
und als der neue Planet nach kürzester Umlaufs=
zeit wieder in meiner Erdennähe war, griff ich
rasch hinunter, um ihn zu halten. Da ich hiebei
wohlweislich mit der andern Hand das Stiegen=
geländer gefaßt hatte, also keinen sehr langen Arm
machen konnte, so wurde das Sieb auf der Seite,
wo ich es ergriff, etwas emporgehoben. Kaum
war dies geschehen, so rauschte eine große schwarze
Katze mit zornigen Augen unter ihm hervor, schoß
der Treppe zu, fuhr dem Pfarrer, ohne Achtung
vor seinem Stande, doch nicht so gefährlich wie
Reineke's Hinze, zwischen den Beinen durch, und
brachte ihn so sehr aus dem Gleichgewicht, daß er
das Licht fallen ließ und beinahe sammt seiner
Hintermannschaft die Treppe hinuntergefallen wäre.
Finsterniß — Geschrei vorn und hinten — nur das
Sieb lag mäuschenstill zu meinen Füßen und rührte
kein Glied. Nachdem Ruhe und Ordnung herge=

stellt waren, setzten wir uns, da es nicht ferne
vom Tagesgrauen war, zu einem dampfenden
Kaffee, den die erlöste Anna Marei mit großer
Bereitwilligkeit kochte, indem sie ihren Schlaffum=
panen, den Sieben, nicht mehr ganz zu trauen
schien.

Die Besessenheit des Rädelsführers derselben
war leicht zu erklären. Eine unternehmende Katzen=
seele, die das Sieb auf einer nächtlich empfindsa=
men Reise angestreift und auf sich herabgeworfen
hatte, war eine Zeitlang seine widerwillige Bewoh=
nerin gewesen. Da es groß genug war, um die
Katze unverletzt zu bedecken, so war es begreiflicher
Weise auch schwer genug, um ihr das Entkommen
unmöglich zu machen, aber nicht so schwer, daß sie
es nicht hätte umhertummeln können wie ein Kind
seinen Gängelwagen, und von dieser Freiheit hatte
sie denn auch leidenschaftlichen Gebrauch gemacht.
Unter solchen historischpragmatischen Erörterungen
schlürften wir unsern Morgentrank, und er wurde
uns gemüthlich gewürzt durch seine Brauerin, die
zu tief in seinem Satze gelesen hatte, um nicht
steif und fest dabei zu bleiben, daß die schwarze

Katze, die Siebläuferin, eine Hexe vom ersten Rang gewesen sei.

Wer weiß? sagte mein alter Buchdrucker mit schlauem Lachen, als ich ihm die Begebenheit dieser Nacht erzählte.

Zu meiner desto größeren Verwunderung trat jedoch dieser mein Geisterphilosoph ein andermal, und zwar gerade in einem Falle, der ihm Wasser auf seine Mühle hätte liefern sollen, durchaus rationalistisch auf. Ich kam von einem vielbesprochenen Gespensterhause zurück, dessen unsichtbarer Thrann durch eine Reihe jener „spiritualistischen" Töne, die bei den Eingeweihten ihre eigenen technischen Benennungen haben, vom „Papierknistern" an bis zu einem höchst unschicklichen Sägen, Husten, Röcheln, Blöcken und Grölzen, sein Dasein zu vernehmen gegeben hatte. Der Thatbestand war an sich selbst unleugbar, und es blieb nichts übrig, als das ehrliche Bekenntniß, zwar nicht Etwas gesehen, aber doch Einiges gehört zu haben. Darum zweifelte ich jedoch keineswegs an einer natürlichen Ursache dieser Töne, obgleich sich eine bestimmte Erklärung nicht mit Sicher=

heit geben ließ. Auf der andern Seite ergößte es mich indessen auch wieder, mich von meinem alten Geisterseher, als ich ihn nach Gewohnheit besuchte, als Sonntagskind begrüßen zu lassen. Er aber legte das Gesicht in tiefe Falten, wiegte den Kopf und erwiderte, es thue nicht Noth, solche nächtliche Töne immer auf die „Nachtseite der Natur" zu beziehen. Einmal sei in dem Gebälke alter Häuser ein gar wunderliches Leben, Knistern und Krachen, und dann gebe es, zumal auf dem Dorfe, eine wenig beachtete Zunft von nächtlichen Musikanten, welche häufig bei derlei Fällen im Spiele sein mögen. Dies seien die Eulen, deren Schnauben und Schnarchen so täuschend in die Häuser bringe, daß man es oft aus der nächsten Nähe zu hören glaube.

Ich fand diese Erklärung vernünftig und dankenswerth, mußte aber im Stillen über den Widerspruchstrieb des menschlichen Geistes nachdenken, der im schwächsten Strohhalm eine Stütze für eine Meinung suchen und dann wieder wie in einer Art von Großmuth einen ganz einladenden Fund von sich weisen kann, um der Wahrheit auf der andern Seite gerecht zu werden.

Dankenswerth nenne ich die Erklärung, die ich übrigens später noch einmal aus bedeutendem Munde vernommen habe; denn sie dient dazu, Erscheinungen, die sich doch nicht wegleugnen lassen, ihrer Seltsamkeit zu entkleiden. Einer solchen Erklärung, die nicht bloß „natürlich," sondern auch befriedigend wäre, wartet ohnehin noch Dieses und Jenes zwischen Himmel und Erde, um sodann mit besserer Sicherheit an seinem gebürenden Ort, in den Sagenbüchern nämlich, untergebracht werden zu können.

Dahin gehört vor allen Dingen der alte Kriegsgeist des Odenwaldes, den man zwar mythologisch eingesargt zu haben meint, was ihn aber nicht abgehalten hat, noch jüngst in voller Lebens- und Geistergröße sich an Fluth und Ebbe unserer Bewegungsjahre zu betheiligen. Bekanntlich hat man seinen Auszügen schon früher zu wiederholten Malen auf Befehl der Regierung amtliche Aufmerksamkeit geschenkt, und so ist auch diesmal, im Januar 1851, bei einer hessischen Behörde ein Protokoll über die Vorgänge aufgenommen worden.

„In der Nacht vom 2. auf den 3. März 1848" — so lautet die amtlich beglaubigte Sage — „hat der Burggeist von Robenstein unter Waffengeklirr und Pferdegetrapp den kriegverkündenden Auszug nach seiner Kriegsburg Schnellert gehalten; am 31. December 1850, Morgens zwischen 7 und 8 Uhr, ist er mit dem gewöhnlichen Geräusche nach der Friedensburg Robenstein heimgekehrt." Er konnte füglich zu jener Zeit wieder nach Hause gehen, der geriebene alte Politikus, der auch in den Tagen seines Glanzes mit allen Winden zu fahren gewohnt war, er hatte die richtige Witterung gehabt, und seine alte Rabenzeitung besser gelesen, als mancher Publicist damals die seinige zu schreiben verstand: denn der Tag von Bronnzell war vorüber, und am 23. December, neun Tage vor seinem Friedensmarsche, hatten die Dresdener Conferenzen begonnen.

Wenn er nun auch gleichwohl hier einigermaßen im Schlepptau der politischen Gezeiten erscheint, denen er sonst vorangeritten, in allerlei Vermummung die Geister an einander hetzend, der von der Kirche erfolglos abgesetzte und von der Sagenforschung längst wieder entlarvte altfränkisch-sächsisch-schwäbische Kriegsgott — so ist es doch bei der trotz

Kirche, Staat und Polizei nichts weniger als tröst=
lichen Lage des in zwei Halbganze und eine An=
zahl Bruchtheile zerspaltenen Vaterlandes hochbe=
denklich, daß der alte wilde Händeljäger noch immer
unbeschworen sein Wesen treiben darf. Suche man
ihn daher eiligst, ehe er wieder losbricht, zu ban=
nen, einerseits durch eine naturwissenschaftliche Er=
klärung aller jener sonderbaren, nicht bloß dem
Winde zuzuschreibenden Lufttöne von der Teufels=
stimme auf Ceylon bis zu unsrem Muotisheer,
andererseits aber und ganz insbesondere durch eine
politisch=rationale Rechnungsformel, die aus den
Bruchtheilen, statt die Zweiheit mit ihnen zu nähren,
die in ihnen gegebene Grundlage zur Ausgleichung
des Zwiespalts und zur Einigung der Gesammtheit
schafft: dann erst wird er sich, in den Lehrbüchern
der Mythologie und auch in den Tafeln der Ge=
schichte, für immer zur Ruhe setzen.

Endlich aber muß die Naturwissenschaft, wenn
sie mit dem Aberglauben fertig werden will, auch
nicht vergessen, der lebendigen Natur selbst gerecht
zu werden. Mancher Aberglaube, der zum Beispiel
mit den Mondphasen getrieben wird, ist nur ein

schelnbarer, oder vielmehr, er ist es nur der Form und nicht dem Wesen nach; aber zuzugestehen, daß der Mond im Vollicht eine gewisse Wirkung auf Triebkraft und Wachsthum ausübt, das kommt die moderne Wissenschaft sauer an. Ist mir doch einmal ein gelehrtes Haupt in den Weg getreten, das gar die Irrlichter leugnen wollte! Wenn nun diese Feuerschwaden, die ich in Menge gesehen habe, meist einzeln auf der Erde oder auf dem Wasser schwebend, bergauf oder bergab mit einer jeden Laternenträger hundertfach überholenden Geschwindigkeit wandelnd, einmal auch auf weiter Ebene gleichwie in einem Parlament versammelt, das an Zahl die größten Reichstage und Concilien weit hinter sich ließ, — wenn sie aus der Reihe der natürlichen Dinge gestrichen werden müßten, dann bliebe mir wahrhaftig nichts anderes übrig, als wieder an Gespenster zu glauben.

Zwar der Schade würde durch eine ganz artige Errungenschaft aufgewogen, sofern dann das Geschichtchen von dem Bauer und dem Irrwisch nicht bloß heiter wäre, sondern auch wahr, oder möglich wenigstens. Der Bauer begegnete nämlich Nachts

einem feurigen Manne, der aber weiland kein blo=
ßer Feldstenßler, sondern etwas viel Vornehmeres,
nicht vom besten Angedenken, gewesen war. Halt
ein wenig, rief er ihn an, ich will mir nur die
Pfeif' an Ihm anzünden. Se. Gnaden schüttelte
sich und schnob, daß die Funken stäubten, mußte
sich aber geduldig zum Fidibus hergeben. So,
schön' Dank, sagte der Bauer, als sein Stummel
brannte. Nichts für ungut. Herentgegen aber, Er
ist eigentlich doch ein schlechter Kerl gewesen, das
bisle Brennen schad't Ihm nicht die L....

7.

Einen andern und stärkeren Antrieb zum Gei=
sterglauben, als den Gewinn einer schnurrigen Ge=
schichte, hatte ein gewisser Freund, den ich zu den
ziemlich dicken rechnen darf. Dieser pflegte förm=
lich auf die Geister Jagd zu machen — aus Un=
sterblichkeitsbedürfniß. Ihm wäre mit der Doctrin
von der Seelenverknöcherung schlecht gedient gewe=
sen, denn eine solche Knorpelbildung würde mehr
für das Diesseits als für das Jenseits gezeugt
und somit eine elende Bürgschaft für die persön=

liche Fortdauer im höheren Sinne abgegeben haben. Zwar glaubte er felsenfest an diese, aber man weiß ja, der Glaube hat keine Ruhe, er sehnt sich immer nach Beweisen.

So war denn unserem Freunde kein Weg zu weit und keine Nacht zu finster, wenn ihm verkundschaftet wurde, daß „Einer" auf dieser Haide „laufe" oder an jenem Waldeck „schwebe." Ich bin mehrmals mit ihm auf die Gespensterjagd gegangen, nicht weil ich dabei die Unsterblichkeit auf dem Korn hatte, auch nicht etwa weil ich die Seelenleberverhärtung unter das Secirmesser zu nehmen wünschte, sondern aus freundschaftlicher Theilnahme. Wir sind aber jederzeit ohne Waidmanns Heil nach Hause gekommen, was mich eben nicht verdroß.

Einmal in einer Neujahrsnacht zog ich mit ihm und ein paar andern guten Gesellen nach einem öden Steinbruche, wo es spuken sollte. Während die übrige Menschheit sich beim Jahresabschiede gütlich that, tappten wir uneigennützige Forscher — so kann ich wenigstens das Gefolge im vollsten Sinn des Wortes nennen — in der äußersten

Finsterniß und mit Gefahr, Hals und Bein zu brechen, die schlimmsten Pfade auf und ab, um unserm Ungeduldigen zu dem gewünschten Sola= wechsel auf die Ewigkeit zu verhelfen. Alles wieder vergebens! seufzte er zuletzt, nachdem wir die ganze Oertlichkeit ohne Erfolg durchstöbert hatten; da, siehe, im gleichen Augenblick loderte eine blaue Flamme unmittelbar zu seinen Füßen empor. Ich hab' ihn! rief er gierig und warf sich mit ausge= breiteten Händen auf die Erscheinung, wie man thut, wenn man einen Schmetterling am Boden haschen will. Aber die Flamme erlosch und der Geruch von Kunstfeuerwerk, der ihr folgte, verrieth alsbald, daß ein muthwilliges Mitglied der Gesell= schaft mit gewandter Hand eine bengalische Täu= schung hervorgezaubert hatte. Wir kamen noch eben recht zur Sylvesterbowle heim, bei der wir es uns zur angenehmen Pflicht machten, den unbe= fangenen Muth unseres Geisternimrod, der ohne Stutzen und Grausen die andere Welt am Fittig gefaßt hätte, mit gebürendem Gläserklange zu ehren.

Auf die Fortdauer der Persönlichkeit, ohne die

es nicht der Mühe werth wäre, hienieden zu leben! erwiderte er mit uns anstoßend.

Wir thaten ihm gerne Bescheid. Es ist jetzt nicht die Stunde zu metaphysischen Controversen, bemerkte sobann Einer von der Gesellschaft, ich will daher die Frage selbst ruhen lassen, aber, ist es benn auch wirklich ein so großes Glück um die Unsterblichkeit, daß sie uns wünschenswerth erscheinen sollte?

Wie? rief unser Freund, und sollte es ben Guten nicht wünschenswerth sein, drüben ben Lohn zu empfangen, der ihnen bießseits meist vom Schicksal verkümmert, von ben Menschen unterschlagen wird?

Die Auffassung ist nicht ganz uneigennützig, bemerkte der Andere. Indessen, wie dem sein möge, die Seligkeit dürfte benn doch gar sehr getrübt werden durch das Herniederschauen auf die Hinterbliebenen, die gleichfalls vom Schicksal verfolgt, von ben Menschen mißhandelt werden. Denke ich mir vollends Eltern, welche, um ben stärksten Fall zu setzen, zusehen müssen, wie ihre verlassenen Kinber hilflos durch die Welt irren, im Elend ver=

wilbert, zu schrecklichen Entschlüssen geführt, so muß ich in der persönlichen Fortdauer, besonders für ein Mutterherz, eher eine Strafe als einen Lohn erkennen, und zwar eine Strafe, die man, mitten unter den himmlischen Freuden, den Höllen= strafen gleich achten darf.

Es ist aber, wurde eingewendet, ein reinerer Zustand möglich, denkbar wenigstens, worin dem Abgeschiedenen das Weh der Erde verborgen bleibt.

Das wäre ein sehr unzureichendes Auskunfts= mittel, entgegnete der Redner. Um bei dem Gleich= niß von den Eltern stehen zu bleiben, so würden sie mir in diesem Falle über dem Genusse der ewi= gen Seligkeit entweder nicht besser vorkommen, als so manche irdische Eltern, die dem Vergnügen auf Bällen und Lustbarkeiten nachziehend ihre Kinder in fremden Händen verwahrlosen lassen, oder nicht glücklicher, als Eltern, die durch eine traurige Fü= gung von den Ihrigen verschlagen sich in Angst um das unbekannte Loos derselben verzehren. Da würde also eine Hauptbedingung der Glückseligkeit, die doch körperlosen Geistern vorzugsweise unent=

behrlich sein müßte, die innere Freude und Ruhe
nämlich, fehlen.

Welche Bedenken! rief der Kämpe der Unsterblichkeit. In jenen seligen Gefilden übersehen wir
das Ganze des Weltlaufs, dort lösen sich dem
erschlossenen Auge die scheinbaren Widersprüche,
die Räthsel, Wirrnisse und Trübsale des Menschen-
geschickes, dort werden wir, wenn der Ausdruck noch
erlaubt ist, den göttlichen Rathschluß verstehen lernen,
der aus dem Dunkeln ins Helle, durch das Uebel
zum Guten führt.

Damit ist nicht viel gewonnen, erwiderte der
Gegner. Unsereiner wird's dort drüben doch schwerlich weiter bringen, als hier schon die Frömmsten
der Frommen, und wenn diese bei schweren Schick-
salsschlägen sich nicht enthalten können, dem „un-
erforschlichen Gott," wie sie ihn dann, mit aufgehobenem Finger gleichsam, anreden, ein in ein
„Warum?" gehülltes constitutionell-loyales Tadels-
votum auszusprechen, so würden auch wir im himmlischen Schauspielsaale als Zuschauer der Welt-
tragödie die kritische Frage nicht zu unterdrücken
vermögen, ob denn das Stück nicht auch ohne die

vielen Grausamkeiten durchzuführen wäre, ob denn die Führung der Völker nur durch Blut und Thränen möglich sei, ob der Triumph der Gewalt und Ungerechtigkeit, der Verrath am Edelsten, und, was ärger ist als alles physische Uebel, die Seelenfolter, die geistige Verzweiflung unvermeidlich in den Weltplan gehören.

Wenn aber diese Uebel nothwendig und diese Nothwendigkeiten gut sind?

Das ist ja eben der Jammer! Ich mag das noch so sehr glauben, oder glauben müssen, so bin ich damit um nichts besser bran. Wenn ich auf Erden hier, wo Gott vor sei, einem meiner Lieben eine grausame Operation und schreckliche Verstümmlung angethan sähe, so könnte ich mich, bei aller Einsicht in die Nothwendigkeit und Heilsamkeit, so weit nämlich Krüppelei heilsam ist, gewiß nicht sonderlich freuen. Drüben aber wäre es ganz der gleiche Fall, nur unendlich erweitert, denn als ein vollkommeneres Wesen, viel reiner und inniger fühlend, müßte ich ja, weit über die mehr oder minder egoistische Theilnahme an meinem engeren Kreise hinaus, allen Jammer des Universums von den höchsten Geistesschmerzen bis zu den Windungen des zertretenen Wurmes mitempfinden, müßte also unrettbar dem Weltschmerz verfallen, den wir mit Recht hienieden aus unserem Denken und Dichten verbannen, der aber wohl einer geläuterten Gestalt fähig sein mag, als Keim einer neuen Religion, vielleicht, einer Religion des absoluten Mitleids, wie sie in den gesammten heidnischen und christlichen Religionsformen nicht dagewesen, wenn auch etwa hie und dort angedeutet ist.

Auf was für Grillen kommt man nicht, wenn man von einer falschen Voraussetzung ausgeht! Drüben brauchen wir kein Mitleid mehr, da sind alle irdischen Leidenschaften abgestreift, und der beschränkte Maßstab menschlicher Eintagsweisheit bleibt diesseits des Grabes zurück.

Das heißt mit andern Worten: es wird eine Zwiebelhaut um die andere abgeschält, bis von der Zwiebel selbst zuletzt gar nichts mehr übrig ist. Die gröberen Leidenschaften will ich gerne der Verwesung übergeben; wenn aber auch die feineren und edleren den Würmern verbleiben, alle die Nahrungsstoffe des Feuers, das in jedem Einzelnen

gerade so und nicht anders brennt und ihn unbe=
friedigt und ruhelos an der Befreiung und Ver=
schönerung des Menschenlebens arbeiten heißt, wenn
der Schmerz über das unendliche Weh der Welt,
der seine Berechtigung, einfach in unserem Dasein
hat, und der mit dem Schwinden des abstumpfen=
den Leichtsinns, mit dem Versiegen der mildernden
Thräne nur um so tiefer werden müßte, wenn die
innige Theilnahme am Loose geliebter Wesen, wenn
das Alles uns nicht hinüber begleitet, was wäre
dann der Rest? Entweder das Nichts oder etwa
ein Fortdämmern im All, ohne Erinnerung, ohne
Bewußtsein, jedenfalls ohne Mitgefühl für die ver=
lassene Heimath, als ob sie keine Stätte des Gei=
stes wäre, ein Zuschauen, wenn's hoch kommt, des
kaltlächelnden Sternes, der gelassen auf das Elend
von Tausenden scheint. Nennt mir das eher alles
Andere, als eine Fortdauer der Persönlichkeit.
Freilich verlassen uns die Leidenschaften, und ge=
rade die edleren, oft mit zunehmendem Alter schon,
die Persönlichkeit entblättert sich gleichsam auf lan=
gem Lebenswege, und das läßt uns schließen, was
das Ende sein mag.

Genug! rief ein Anderer. Lassen wir das dunkle Jenseits, und halten uns an das Wort, das unser Freund, der Dichter des Alexander, seinen jugend- vollen Helden in diesem Falle sprechen läßt:

> Füllen wir indeß
> Mit unvergänglichem Gehalt dies Leben,
> Dann komme was da will.

Alle erhoben die Gläser und stießen, wenn auch nicht gerade auf das Vollbringen, doch auf den Vorsatz und den guten Willen an.

Freund Himmelsstürmer wollte jedoch seine Fahne behaupten. Nicht alle Zwiebelhäute gehen ab, rief er, es bleibt ein Kern zurück, nicht die ganze Flamme erstirbt, sie reinigt sich nur vom Rauch —

Halt ein! unterbrach ihn ein lustiger Rath, der das Disputiren satt hatte, mich dünkt, der Punsch räuchelt ohnehin schon ein wenig, und wenn er auch noch vollends beharrlich in Gefahr gebracht wird, nach Zwiebeln zu schmecken, dann wehe mir, Alhama!

Vertagen wir also den platonischen Dialog, er- widerte er lachend. Doch gab er sich noch nicht ganz zufrieden, sondern wendete sich zu mir und

belobte den Eifer, mit dem ich ihm Jagdgenossen=
schaft geleistet, wobei er zu verstehen gab, daß der=
gleichen wohl nicht ganz ohne Neigung und Glau=
ben geschehen sein könne, ja gar vielleicht gewisse
Erfahrungen im Hintergrunde stecken.

Ich verwahrte mich. Ich bin nur ein Feier=
tagskind, sagte ich. Nicht einmal meine unbekannte
Zukünftige hat mich bis jetzt zu sich auf die Vor=
schau entrückt. Am Reich der Schatten anzuklopfen
habe ich außer unseren Streifzügen wenig Beruf
gespürt, und noch weniger hat mir dasselbe Veran=
lassung gegeben, ihm ein Herein! zuzurufen. Zwar
gehe ich gern mit abgeschiedenen Geistern um, aber
ich kann dabei des Stechblicks entrathen, denn
theils läßt mir die Erinnerung ihre Gestalten auf=
steigen, theils sind die Beschwörungsformeln, deren
ich mich zum Geisterverkehr bediene, Jedem zugäng=
lich, der sich durch das Alphabet so weit durchge=
schlagen hat, um die Errungenschaften genießen zu
können, die ihm durch die gesegnetste aller schwar=
zen Künste bereitet sind. Und dennoch, setzte ich
hinzu, kann ich „Geister beschwören, die der Ache=
ron besser verschlingt.“

Recensentengeister? fragte Einer spöttisch, auf das Schicksal anspielend, das einem armen kleinen Bändchen Gedichte — leibliche Kinder diesmal — rauh und kalt in den Weg getreten war.

Nein, o nein! Es sind zwei wirkliche Gespenster, die ich wohin getragen habe.

Unsinn! In einen Steinbruch oder unter eine Glasglocke?

Auf eine öde Insel sind sie gebannt, die in keinem Reisehandbuch verzeichnet steht, und die Niemand kennt als ich.

In der Südsee?

Nein, im Bodensee.

Das wäre!

Die Gesellschaft wurde neugierig und unser Freund rückte unwillkürlich näher, obgleich seine Hoffnung auf einen Gewinn, den er in seinem Sinn einen geistigen hätte nennen können, schwach genug sein mochte.

Was ich jetzt beichtete, das habe ich seitdem einem kleinen, aber, wie sich von selbst versteht, gewählten Kreise ebenfalls erzählt. Nachdem ich jedoch in meinem gegenwärtigen Vortrage schon einmal die Schwachheit gehabt, statt des Teufels oder wenigens eines classischen Autors mich selbst zu citiren, darf ich mir diesen allen Gesetzen der Literaturwelt hohnsprechenden Unfug nicht noch einmal beigehen lassen. Ich muß daher denjenigen ehrsamen Leser, der sich etwa hieher verirren sollte, ohne jener vertrauten Minderheit anzugehören, zu meinem Leidwesen auf seine eigene Gefahr nach der aufschlußgebenden Stelle, Band X, Seite Y, Zeile Z ff., tasten lassen. Ob er sie nun findet oder nicht, — so viel kann ich ihm verrathen, daß ich von der Sylvestergesellschaft wegen meiner Beichte waiblich ausgelacht worden bin.

8.

In der Nacht nach jenem Abend oder vielmehr am Morgen nach jener Nacht hatte ich einen schweren Traum.

Ich befand mich wieder einmal im Stübchen meines Buchdruckers. In der Wirklichkeit hatte dies vor einiger Zeit bei einem Besuche stattgefunden, der mir ihn mit schnellen Schritten seinem Ziel entgegengehend zeigte. Die bewegliche Gestalt

war in sich zusammengedrückt, das furchenvolle
Antlitz war ganz zurückgetreten und hatte durch die
weit vorstehende Nase jenen Ausdruck bekommen,
der die Nähe des Todes ankündigt; die Augen
lagen erloschen in den tiefen Höhlen. Doch sprach
aus seinen Zügen noch derselbe Geist des Wohl=
wollens, der ihm alle Menschen befreundet hatte,
und heiter rief er mir mit seiner verwitterten
Stimme und seinem intelligenten Lächeln zu:

Ei sieh doch, das ist schön, daß Sie mich auch
noch besuchen! Schond lange — als gebildeter
Buchdrucker wählte er seine Ausdrücke — habe ich
mich in meinen Gedanken darüber ergangen, wie
Sie sich doch befinden möchten. Wissen Sie denn
auch noch, wie wir auf dem Roßberg waren, wo
ich Ihnen die Schwedenschanze zeigte, wie wir
auf der Achalm hin und wieder stiegen und von
der goldenen Kette im Grund des Berges sprachen,
denkt es Ihnen noch, wie wir auf dem Urschelberg
am verschütteten Schachte saßen und ich von dem
verwunschenen Fräulein erzählte? Du guter Gott,
wie viel vergnügte Tage haben wir zusammen ge=
nossen, und wie aufmerksam haben Sie immerdar

auf meine Geschichten gehört! Jetzt ist das nicht mehr so, die heutige Jugend fragt nimmer so viel nach dem alten Buchdrucker, und ich bin auch nicht mehr so alert wie ehedessen.

Ich suchte ihn durch Auffrischung der alten Erinnerungen zu vergnügen, und wollte ihm Hoffnung machen, das milde Wetter könnte uns doch vielleicht noch eine oder die andere der alten Fahrten zu wiederholen erlauben.

Geht nicht, sagte er, indem er sein rothgewürfeltes Taschentuch aus dem langen Wammse zog, das er der altherkömmlichen Sitte gemäß an Werktagen trug. Geht nicht mehr! Meine Uhr ist im Ablaufen, es ist über drei Viertel, ich sage Ihnen, es hat schond gewarnt. Mein Lebensbuch ist auf dem letzten Blatte, noch einmal umgeschlagen und es heißt Punktum. Ich werde nun bald aus Preß' und Druck dieses mühseligen Lebens erlöst, meine Typen seynd abgenutzt, meine Columnen — er deutete auf seine Beine — tragen mich nicht mehr. Diese gebrauchte Form wird nun bald aus einander genommen werden, und was mag wohl Neues daraus entstehen? Ich habe mich öft schond in

Gedanken darüber ergangen. In diesem meinem Leben, so hoch ich es in Jahren gebracht, habe ich immerdar unter der Maculatur gelegen, jetzt werde ich als Correcturbogen durch die Hände meines großen Autors gehen, und ich verhoffe, er soll nicht den ganzen Bogen mit einem d. anstreichen. — Bei diesen Worten machte er lächelnd mit dem Grif=fel das technische Zeichen des Deleatur auf die Schie=ferplatte seines alten Tisches.

Ich drückte ihm die Hand und nahm Abschied so gut ich's vermochte. Nach wenigen Tagen hörte ich eines Abends ein Trauerlied vom Thurme bla=sen: er war gestorben.

Das Bild. dieses Auftritts war es, was mir jetzt der Traum zurückführte. Mein Alter saß wie=der an seinem Tische und schrieb sein Zeichen auf die Schieferplatte, ich sagte ihm wieder Lebewohl und ging der Thüre zu. Da klopfte er barsch mit dem Griffel auf die Platte, und wie ich mich be=fremdet umwandte, winkte er mich mit dem Fin=ger noch einmal zu sich zurück. Und weiter haben Sie mir nichts mitzutheilen? frägte er. Wie?

Er kam mir in diesem Augenblicke vor wie der Herr Professor in der Prophetenschule, der, wenn er eine Uebertretung des Gesetzes zu rügen hatte, echt inquisitionsmäßig statt mit einem bestimmten Vorhalte mit der allgemeinen Frage, ob man sich nicht schuldig fühle und wessen man sich anzuklagen habe, begann, um auf diese Weise vielleicht noch weiteren Untersuchungsstoff zu gewinnen. Auffallend war mir das gebieterische Wesen, das er, der sonst so ausnehmend Höfliche, jetzt auf einmal in Blick, Stimme und Haltung entwickelte, aber im Traume kommt man auch mit dem Ungewöhnlichsten schnell zurecht.

Während ich jedoch nachsann, was für ein Geständniß er etwa verlangen möge, kam er mir zuvor. Und Ihre beiden armen Ritter, die Sie auf der Geisterinsel gelassen haben, wie geht es ihnen?

Vermuthlich schlecht genug, antwortete ich betreten.

Und der alte Ueberall und Nirgends, haben Sie nie daran gedacht, was er zu dieser Unthat sagen werde?

Mein Gott, mein Gott, rief ich, der alte Ueberall

und Nirgends! Der Rächer jedes Unrechts! Der wird freilich sehr ungehalten sein.

Er sah mich mit einem richterlichen Blicke an und schwieg.

Unter diesem Stillschweigen kam mehr und mehr das Bewußtsein über mich, daß ich einem Gesetz und einer Verfassung verfallen sei, wovon ich in den langen Jahren, seit ich den Geisterge= schichten der Leihbibliothek untreu geworden war, nichts geträumt hatte. Was ist über mich beschlos= sen? rief ich ängstlich. Ich ahne wohl, daß Ihr, der Waltbote jener unsichtbar waltenden Mächte, bestellt seid, mir mein Schicksal zu verkündigen.

Sein Gesicht nahm einen immer feierlicheren Ausdruck an. Du hast zwo arme Seelen auf dem Gewissen, sprach er endlich, die seit Jahren in un= aussprechlicher Pein auf ihre Erlösung harren. Tritt zu meiner Linken, blicke mir über die rechte Schulter und sieh her.

Ich that wie mir geheißen war. Er deutete mit dem Griffel auf die Tafel, die sich in einen Spiegel verwandelt hatte. Fernher aus dem tief=

sten Hintergrunde schwebte ein Bild, das immer näher kam und mich mit Grauen erfüllte. Die beiden Ritter, deren ich mich nur allzu wohl erinnerte, standen im Trauerharnisch, Helm und Helmbusch, Wappenrock, Armschienen und Beingewand, alles kohlschwarz, mit unbehilflich aufgehobenem Schwert und Schild, jedoch ohne Bewegung, nah und näher und zuletzt lebensgroß vor mir. Zu ihren Füßen grünten ein paar verkrüppelte Hälmchen, den Strand, auf dem sie standen, umgab ein bleiernes Gewässer. Das ganze Bild war regungslos, die Bewegung bestand nur im Heranschweben, das so überhandnahm, daß die Gestalten sich in mein Auge zu drängen drohten.

Entsetzt trat ich hinweg, das Bild verschwand.

Bist du des Anblicks schon überdrüssig? sagte er vorwurfsvoll. Und jene Unglücklichen harren Jahre lang, müssen vielleicht Ewigkeiten harren.

Ich fühle namenloses Mitleid mit ihnen, rief ich aus. Könnt' ich sie retten!

Du kannst es, kannst und mußt sie erlösen, um dein selbst willen mußt du es. Denn höre, was dir der alte Ueberall und Nirgends auferlegt:

wenn du, so lautet sein Spruch, dereinst von hinnen gehst, ohne zuvor diese deine Geister erlöst zu haben, so mußt du zu ihnen auf die Insel, mußt bei ihnen schweben oder vielmehr stehen bleiben, bis —

Halt ein! rief ich. Ich will. Was muß ich thun, um ihnen die ewige Ruhe zu geben?

Deine Strafe ist hart, aber gerecht. Sie ist dir obendrein wegen deines langen Ausbleibens verschärft worden. Ich darf dir nämlich nicht sagen, was deine Aufgabe ist, du mußt sie errathen.

Das ist aber himmelschreiend! rief ich empört.

Lästere das Schicksal nicht, sprach er mit ernster Stimme.

Und die beklagenswerthen Geister, warum müssen sie mit mir büßen?

Ehre, wie sie, den Willen des Schicksals!

Darf ich fragen?

Drei Fragen sind dir gestattet, halte sie wohl zu Rathe.

Per quod quis peccat, per idem punitur et idem. Mit der Feder hab' ich das Unheil ange=

richtet, so werd' ich es wohl auch mit der Feder gutmachen müssen?

Die erste Frage ist gelöst, sagte er.

Zur Strafe, fuhr ich fort, eine gute That an einem besonders schwierigen Stoffe, dessen nicht leicht ein Anderer sich erbarmt —

Erforsche den Willen des Schicksals! rief er dumpf und versank plötzlich hinter dem Tische, der sich an der Seite, wo er verschwunden war, ein wenig in die Höhe richtete. Es war kein Tisch mehr, es war ein halb eingesunkener Grabstein, der sich mit dem einen Rand über den Boden erhob. Auf dem Rande lag Schnee. Das Stübchen war gleichfalls verschwunden, ich stand auf einem weiten Schneefeld, allein mit dem Leichensteine, in welchen eine Platte mit unleserlichen Schriftzeichen eingelassen war.

Ueber dem vergeblichen Bemühen, die Buchstaben zu entziffern, erwachte ich. Ein klarer Neujahrsmorgen blickte über die Dächer und lachte mich wegen des wunderlichen Traumes aus. Aber eine Lage weißen Papiers, die einer Frage an das Schicksal glich, sah mir ernsthaft vom Tischchen

entgegen, sie wollte den Traum nicht völlig abschüt=
teln lassen, und mit zweifelndem Herzen trat ich
meine Wanderung durch die Welt der Stoffe und
Formen an.

9.

Der jugendliche Traum hat sich seitdem zu
manchen Malen wiederholt. Er führte mich immer
wieder in das Hinterhöfchen, wo neben dem Gärt=
chen und dem kleinen Zaune das halbe Häuschen
wie in der Mitte entzweigeschnitten steht. Dort
im engen Stübchen, am Tische mit der Schiefer=
platte, saß jedesmal mein alter Freund, freundlich
wie er im Leben gewesen war. Ich erzählte ihm
von meinen Wanderungen, machte ihn zum Ver=
trauten meiner Freuden, und schüttete meine Klagen
bei ihm aus, Klagen, von denen ich keine Abschrift
behalten habe. Aber wenn ich nach meinen beiden
Rittern fragte, so zeigte er mir kopfschüttelnd das
Bild im Spiegel, und es war immer das alte
Bild.

Endlich wagte ich die zweite Frage. Ueber dem
Versuche eines historischen Romans, sagte ich zu

ihm, habe ich mich an den beiden armen Seelen vergriffen. Muß ich zur Buße einen historischen Roman schreiben?

Getroffen! antwortete er und verschwand sammt seiner Umgebung schnell, wohl um mir eine Voreiligkeit im Weiterfragen zu ersparen.

Wiederum kam ich im Traume zu ihm, gab Rechenschaft von meinen Fahrten und vertraute ihm manches Unmaßgebliche, das nicht zu den Acten gekommen ist. Aber mit meinen beiden Rittern stand es immer noch beim Alten. Du wirst weder Glück noch Stern haben, sagte er, bis du das Rechte triffst. Bis dahin wird es immer bei dir heißen: „Wir haben euch gepfiffen und ihr wolltet nicht tanzen, wir haben euch geklaget und ihr wolltet nicht weinen."

Nun brach mir die Geduld, und ich wurde lustig, wie man es zuweilen wird, wenn man die Geduld verloren hat. Die dritte Frage war mir nur noch ein Spaß. Jener verhängnißvolle Versuch, sagte ich, hatte die Belagerung meiner Vaterstadt zum Gegenstande — ich werde also ohne

Zweifel die Belagerung von Reutlingen schreiben müssen?

Du sagst es. Hätte dir das nicht früher einfallen können? Per quod quis peccat, per idem punitur et idem.

Sprachs und blieb ruhig an seinem Tische sitzen, da es jetzt keine Frage mehr zu verscherzen gab. In seinem sonst so wohlwollenden Gesichte glaubte ich jedoch eine leise Schadenfreude zu erkennen.

Schrecklich, schrecklich! rief ich, als ich den Spaß zum Ernste werden sah. Das liest nun vollends kein Mensch. Nein, ich thu' es nicht, und wenn die Geister darüber noch schwärzer werden als sie sind.

Dann mußt du ihnen später Gesellschaft leisten, bis ein Anderer diese Belagerung schreibt.

Da könnte ich eine schöne Weile warten! rief ich verzweiflungsvoll, und stieß Reden aus, womit ich nicht einmal unsere alten Chronisten, die einzeiligen Geschichtsklitterer, geschweige unsere modernen Acuten, die dreibändigen Romanflitterer, verschonte, Reden, die glücklicherweise nicht gefroren sind, da sie sonst bei einem unvermutheten Thau=

wetter zu meinem eigenen Schrecken wieder losgehen könnten.

Der Alte ließ mich eine Weile wüthen, dann versank er in der gewohnten Art.

Dieser letzte Traum machte mir noch mehr zu schaffen als die früheren. Zwar fand ich es, besonders bei Tage, allen meinen Grundsätzen zuwider, daß ich nach meinem Tode auf einer nicht einmal geographisch anerkannten Insel spuken sollte, doch beherzigte ich das warnende schwäbische Sprüchwort, das da sagt: „Nichts Gewisses weiß man nicht." Auf der andern Seite aber, indem ich den Sicheren zu spielen gedachte, ließ mir die angeborene Widerspehstigkeit nicht zu, mich dem eigensinnigen Schicksal blindlings zu fügen, und ich sann deshalb darauf, ihm ein X für ein U zu machen. Endlich ging ich her und begann die mein Strafpensum buchstäblich enthaltenden Neun Bücher meiner Denkwürdigkeiten zu schreiben, wovon, vieltheurer Leser derselben, hiemit das neunte und letzte vor dir liegt.

Zwar, ehe ich es schließe, sollte ich dir, wie

es sich unter getreuen Freunden ziemt, noch Kunde
geben, wie ich mit Wilhelm Meister bekannt wurde,
wie sein Freund Birlbinker von weiten kühnen
Flibustierzügen zurückkam, wie Beide, unbefriedigt
durch die bisherigen Erfindungen, die es nicht
höher gebracht, als Romane zu weben, zu stricken
oder höchstens auf dem Circularstuhl zu verfertigen,
eine dem längst gefühlten Bedürfniß der Neuzeit
über alle Erwartung entgegenkommende, noch nie
dagewesene, den menschlichen Scharfsinn auf seinem
Gipfelpunkte zeigende Schnellromanerzeugungsanstalt
errichteten, wie sie zu diesem Behufe aus Berlin einen
Psychographen verschrieben, dessen Gedankenflug jede
Maschinenconcurrenz niederschmetterte, wie sie seine
Geschwindigkeit noch durch Anwendung der Stenogra-
phie in's Hundert= und Tausendbändige beflügelten,
wie sie sodann unter den schmeichelhaftesten Aner=
bietungen mir den Eintritt in ihr psychostenogra=
phisches Workinghouse eröffneten, zugleich aber auch
die entsetzliche Ungeschicklichkeit, durch die ich mich ihrer
Gunst unwürdig machte, und endlich die traurigen
Folgen dieses Fehltritts — das Alles und noch
viel Anderes mehr sollte ich dir erzählen, allein

ich bin froh, daß meine Denkwürbigkeiten hier zu Ende gehen, und du bist es wahrscheinlich auch.

Freilich, ob ich das Orakel überlistet und meine Geister erlöst habe, kann ich bei alledem noch nicht für ganz gewiß versichern. Indessen ist mir der Traum in Jahr und Tag nicht mehr vorgekommen, und so meine ich mich denn doch beinahe dem Glauben hingeben zu dürfen, daß, abermals eine schwäbische Redeweise zu brauchen, die arme Seele Ruhe hat, oder vielmehr diesmal hoffentlich alle beide. Einen freudigen Schrecken erregte es mir, als ich einsmals einen Brief mit dem Postzeichen „Sion" auf meinem Tische fand, aber der Befund ergab sogleich, daß derselbe nicht aus dem himmlischen kam, sondern aus dem irdischen, und der Freund, von dem er zeugte, war Einer der da lebet. Obwohl ich nun so sehr, ja mehr als mein Geistersucher, der es sich um Bürgschaften aus dem Jenseits sauer werden ließ, Grund gehabt hätte, eine beruhigende Post von dort willkommen zu heißen, so begrüßte ich dennoch die Enttäuschung mit selbstloser Freude. Und da ich von dem andern Freunde, von dem, wie er sagte, zu seinem großen Autor heimgegangenen, weder im Traume noch im Wachen mehr ein Zeichen erhalten habe, so will auch ich seine wohlerworbene Ruhe, benebst der mir noch kostbareren einer schwergeprüften, lesegepeinigten Oberwelt, nicht fürder behelligen, und sage, meinen Weg allein weiter gehend, ihm und andern Schat= ten meiner Jugend Lebewohl.

Anmerkungen.

S. 183, Z. 1 f. Im deutschen Familienbuch, Karlsruhe 1845, und in Lucian Reich's Wanderblüthen, Karlsruhe 1855.

S. 218, Z. 4. Magister Georgius Sabellicus, Faustus junior, schrieb er sich laut des Briefes von Trithemius an Virdungus, 20. August 1507, des ältesten aller auf einen geschichtlichen Faust bezüglichen Documente, die bis jetzt ermittelt sind. In dem nächsten, dem Briefe des Mutianus Rufus an Urbanus, 7. October 1513, ist der Name zu einem Georgius Faustus fortgeschritten, wiewohl beide Briefe augenscheinlich von einer und derselben abenteuernden Persönlichkeit handeln. Der ursprüngliche Name Sabellicus aber ist offenbar nichts anderes als ein vom Zeitgeschmack erborgtes philologisches Spiel mit einem leicht zu entziffernden deutschen Familiennamen. Die Zeit, aus welcher die beiden brieflichen Schilderungen stammen, würde der Maulbronner Tradition entsprechen; denn der Abt Johann Entenfuß regierte von 1512 bis 1518, und der Besuch des Schwarzkünstlers im Kloster wird „vermög guter Nachrichten," nur freilich ohne Belege, in das Jahr 1516 gesetzt. (Sattler, topographische Geschichte des Herzogthums Würtemberg, 1784, S. 549.

Klunzinger, urkundliche Geschichte der vormaligen Cister-
zienser Abtei Maulbronn, S. 103, 104, 123.) — Eine zweite
Zeugenreihe über einen geschichtlichen, jetzt Johann getauf-
ten Faustus, von gleich abenteuerlichem Schlage, beginnt erst
mit dem Jahre 1539. Unter diesen nehmen Begardi und
Weier (letzterer in seinen beiden ersten Geschichten) volle
Glaubwürdigkeit in Anspruch; die übrigen, Gast, Manlius,
Wittekind-Lercheimer, Camerarius, haben für ihre Fabeln
wenigstens einen thatsächlichen Kern. Zweifelhaft aber wird
es schon durch das aufreibende Vagantenleben des 16. Jahr-
hunderts gemacht, ob der Faust dieser Zeugenreihe, der
den dreißiger Jahren bis „wenige Jahre vor 1540“ (nach
Weier) angehört, noch Trittheim's, Sickingen's und Mudt's
„Faustus“ war, der 1506 bereits das Alter hatte, um einer
Schule vorzustehen. Der Geburtsort Knittlingen, der diesem
Johann Faust, mit Beziehung auf Melanchthon's benachbarte
Heimath Bretten, zugeschrieben wird, würde freilich wieder
zu dem Maulbronner Gaste von 1516 stimmen, sofern Entenfuß, dessen Freund und Landsmann er genannt wird, aus
einem Dorfe des Rheinthals unweit von Knittlingen stammte.
— Man darf jedoch nicht übersehen, daß schon der Faust des
ersten Jahrzehents, mag er nun mit dem des vierten
identisch sein oder nicht, sich Faustus junior schreibt und
hiedurch auf einen noch älteren Faustus zurückweist, dessen
Name, wohl unabhängig von dem damals wie heute nicht sel-
tenen Geschlechtsnamen Faust, in magischen Wissenschaften und
Künsten einen so hohen Klang gehabt haben muß, daß er

den Ehrgeiz des Epigonen reizte, sich Faustus den Zweiten zu nennen. Dieser Urfaustus aber — der sicherlich nicht der Mainzer Buchdrucker Fust, sehr schwerlich der alte Manichäer Faustus, und am allerwenigsten der 1539 geborene Faustus Socinus war — hat sich der Forschung bis jetzt völlig entzogen; weder eine geschichtliche Angabe noch eine Sagenspur führt zu ihm; und so bleibt, trotz aller urkundlichen Zeugnisse, in welchen bloße Usurpatoren eines bereits traditionell gewordenen Namens auftreten, der erste Ursprung der Faustsage in mehr als mythisches Dunkel gehüllt. — Nichts desto weniger ist die eigenthümliche Gestaltung, in der wir sie seit 1587 (durch Johann Spies in Frankfurt) besitzen, das Werk eben dieser Epigonenzeit, welche darin die alten Glücks-, Zauber- und Teufelssagen zu einem protestantisch verarbeiteten Abschluß zusammenfaßte, und der Mittelpunkt, um den diese Gestaltung sich gebildet hat, ist die geschichtliche Persönlichkeit, die sich Johannes Faustus nennen ließ. Das Conterfei, das die Zeitgenossen von dieser Persönlichkeit hinterlassen haben, ist freilich von der Art, daß man wohl unterschreiben kann, was Neumann's „curieuse Betrachtungen des sogenannten Dr. Faustens" am Schlusse sagen: „Zudem ist's der Kerle mit alle nicht werth, daß man so viel Wesens von ihm machen sollte." Indessen kann er doch kein so ganz gewöhnlicher Mensch gewesen sein, da die Reformatoren während seines Aufenthalts in Wittenberg — nach der Angabe des wohlunterrichteten Lercheimer — ein Auge auf ihn hatten und ihn eine Zeitlang duldeten, „der Hoffnung, er würd sich

Kurz.   20

auß der lehr, die da im schwang ging, bekeren und beßern."
(Zur Geschichte der Faustsage s. d. Art. Faust von Sommer
in der Encyklopädie von Ersch und Gruber, so wie die Ab-
handlungen von Düntzer, v. Reichlin-Meldegg u. A.
in den Scheible'schen Faustbüchern, wo sich die ältere und
neuere Faustliteratur größtentheils zusammengetragen findet,
Kloster II, III, V, XI.)

S. 227, Z. 8 v. u. Durch Gustav Schwab (Wanderungeu
in Schwaben) und Albert Schott (Beschreibung des Ober-
amts Maulbronn).

S. 236, Z. 13. R. v. Mohl Nachweisungen über die
Sitten und das Betragen der Tübinger Studirenden. Näher
A. v. Keller Zur Geschichte der Faustsage, Serapeum VII,
und Kloster V, Vorrede S. XI ff. Ein Abdruck der Tübinger Fausthistorie steht Kloster XI, S. 1—216, und ein Abdruck des Frankfurter Faustbuchs Kloster II, S. 931 bis
1072.

S. 238, Z. 12. „Sie rauscht wunderlich daher," diese oft
citirten Worte Georg Rudolf Widmann's sind übrigens miß-
verstanden worden, denn er wollte mit denselben gegen die
Frankfurter Ausgabe, die er theils berichtigen, theils beschnei-
den zu müssen glaubte, einen Tadel aussprechen.

S. 243, Z. 3 v. u. Vgl. den Heilspruch „Vor das Zahnweh.
St. Petrus stund unter einem Eichenbusch, da sprach unser
lieber Herr Jesus Christ zu Petro: Warum bist du so traurig? Petrus sprach: Warum wollt ich nicht traurig sein,
die Zähne wollen mir im Mund verfaulen. Da sprach unser

lieber Herr Jesus Christ zu Peter: Peter, geh hin in Grund, und nimm Wasser in den Mund, und spei es wieder aus im Grund ††† Amen." In andern Sympathieformeln des Romanusbüchleins heißt es: „Petrus und Jesus fuhren aus gen Acker" ꝛc., „Jesus ging über Land" ꝛc. Aehnliche Segenssprüche aus Deutschland, Schottland, Schweden, Norwegen, die dem Merseburger Liede noch näher kommen, gibt Grimm Myth. S. 1181 f. Aber die Zeiten, wo die höchsten und heiligsten Personen sich unbefangen bei Angelegenheiten des gemeinen Lebens, wie Zahnweh, Beinbruch und dergl., beiziehen lassen konnten, sind vorüber.

S. 247, Z. 3. S. die von dem Reubauten Hornung in Berlin veröffentlichten Sitzungsberichte.

S. 251, Z. 1. Erstes Fräulein: „Pfitzede pfitz, mein Faden ist broche." Zweites Fräulein: „Pfitz en wieder zsäme, no ist er wieder pfaanz." Drittes Fräulein: „Hot it der Bi-Vatter gsait, er sollet it pfätze?" (Vgl. E. Meier Schwäbische Sagen, I, 13, ebendas. die Sagen von der Urschel, S. 6 ff.) Anderwärts weiß man noch von einem vierten Fräulein: „Aber J bin pfoh, daß i it pfätzt han."

S. 252, Z. 1 v. u. Häufiger ist in Sagen von gespenstischen Lichtern der Anruf: „Schäuble, Schäuble, mach' dich leicht, daß du bald bei mir seist." Das Wort Schäuble (Schaub, s. v. a. Strohbund) scheint einen brennenden Strohwisch zu bezeichnen.

9 783741 184567